MELISSA P.

Melissa P. est née en 1985 à Catania, en Sicile. Vendu à plus de 500 000 exemplaires en Italie, son premier roman, *100 coups de brosse avant d'aller dormir*, est devenu un best-seller.

CENT COUPS DE BROSSE AVANT D'ALLER DORMIR

MELISSA P.

CENT COUPS DE BROSSE AVANT D'ALLER DORMIR

Traduit de l'italien
par Laure Bénatuil

JC LATTÈS

Titre original :

100 COLPI DI SPAZZOLA
PRIMA DI ANDARE A DORMIRE

ISBN 2-266-14763-3

Pour Anna

6 juillet 2000
15 h 25

Cher journal,

Je suis dans ma chambre, plongée dans la pénombre, les murs sont couverts des gravures de Gustave Klimt et de posters de Marlène Dietrich qui m'observe avec son air superbe et langoureux alors que j'écris. Ma feuille blanche renvoie les rayons du soleil qui filtrent entre les persiennes.

Il fait chaud. Une chaleur torride et sèche. J'entends le bourdonnement de la télévision dans la pièce d'à côté et la voix de ma sœur qui entonne le générique d'un dessin animé. Dehors, une cigale crie son insouciance. Tout est calme et doux dans cette maison. On dirait que tout est protégé par une cloche de verre très fin et que la chaleur alourdit les mouvements ; pourtant en moi rien n'est calme. Comme si une souris rongeait mon âme, si insensiblement que c'en est presque agréable. Je ne vais pas mal mais je ne vais pas bien non plus. La chose inquiétante c'est que je ne vais pas. Pourtant, je sais comment me retrouver : je lève les yeux, je croise mon regard dans le miroir et une sérénité douce s'empare de moi.

Face au miroir, je m'admire : mes formes qui se dessinent petit à petit, mes muscles plus modélés et plus sûrs, mes seins qui commencent à se voir sous mes T-shirts et qui remuent tout doucement à chaque pas. Depuis que je suis petite, ma mère se promène nue dans la maison, et j'ai pu observer son corps. Les formes d'une femme ne sont pas un mystère pour moi ; le Secret se cache derrière les poils, comme une forêt inextricable, et se dérobe au regard. Souvent, face au miroir, je glisse lentement un doigt à l'intérieur de moi et, en me regardant droit dans les yeux, j'éprouve de l'amour et de l'admiration. Le plaisir de cette contemplation est tellement fort qu'il se transforme tout de suite en plaisir physique ; cela commence par un chatouillement et se poursuit comme une onde de chaleur qui m'envahit quelques instants. Ensuite vient la gêne. Contrairement à Alessandra, je ne me fabrique pas d'images quand je me caresse ; il y a quelque temps, elle m'a confié qu'elle se touchait elle aussi, elle m'a dit qu'elle aimait imaginer qu'un homme la possède avec force et violence, presque à en avoir mal. Moi j'étais étonnée, vu qu'il me suffit de me regarder pour être excitée. Elle m'a demandé si je me touchais aussi et je lui ai dit que non. Je ne veux pas détruire ce monde feutré que je me suis construit ; c'est mon monde à moi, dans lequel il n'y a que mon corps et le miroir. Je l'aurais trahi si j'avais répondu oui.

La seule chose qui me fait vraiment du bien c'est cette image que je contemple et que j'aime. Tout le reste est mensonge. Mes amitiés sont fausses, elles naissent par hasard et évoluent banalement, sans aucune intensité... Mes baisers sont faux, ceux que j'ai timidement donnés aux garçons de mon lycée : dès que je pose mes lèvres je ressens une sorte de dégoût et quand ils sortent leur langue maladroite, j'ai envie de m'enfuir. Cette maison aussi est fausse, tellement éloignée de mon état d'esprit actuel.

Je voudrais que les tableaux se détachent d'un coup des murs, qu'un vent glacial et terrifiant entre par les fenêtres, que les hurlements des chiens remplacent le chant des cigales.

Je veux de l'amour, cher journal. Je veux sentir mon cœur fondre, et je veux voir le gel qui l'enferme se briser et se précipiter dans un océan de passion et de beauté.

8 juillet 2000
20 h 30

Vacarme dans la rue. Des rires envahissent cette atmosphère étouffante. J'imagine l'état de ceux qui vont sortir : les yeux brillants, impatients de vivre une soirée amusante. Ils passeront la nuit sur la plage à chanter, accompagnés par une guitare. L'un d'entre eux se mettra à l'écart, là où l'obscurité cache tout, il murmurera dans une oreille des paroles éternelles. Demain, un autre nagera dans la mer réchauffée par le soleil du matin, cette mer ténébreuse, gardienne d'une vie inconnue. Ils vivront et sauront comment gérer leur vie. D'accord, je respire moi aussi. Biologiquement, je vais bien... Mais j'ai peur. J'ai peur de sortir de chez moi et de rencontrer des visages inconnus. Je sais, je vis un conflit permanent avec moi-même : il y a des jours où cela m'aide d'être avec les autres, où j'en ressens le besoin impérieux ; et d'autres, où la seule chose qui me fait plaisir c'est de rester complètement seule. Alors je chasse mon chat du lit, je m'allonge et je réfléchis... À la limite je mets un CD. Presque toujours de la musique classique. Alors, je me sens bien, comme si la musique était ma complice, et je n'ai besoin de rien.

Mais le vacarme dehors me déchire, je sais

que cette nuit quelqu'un vivra plus que moi. Je demeurerai dans cette chambre à écouter le bruit de la vie, je l'écouterai jusqu'à ce que le sommeil me prenne dans ses bras.

10 juillet 2000
10 h 30

Tu sais ce que je crois ? Je crois que c'est une très mauvaise idée d'avoir commencé un journal intime... Je sais comment je suis, je me connais. Dans quelques jours, je perdrai la clé, ou j'arrêterai carrément d'écrire, pour garder jalousement mes pensées. Ou peut-être (chose vraisemblable) ma mère trop curieuse lorgnera mes papiers, je me sentirai bête et je cesserai d'écrire.

Je ne sais pas si ça me fait du bien de me livrer, en tout cas ça m'amuse.

13 juillet 2000
le matin

Cher journal,

Je suis contente ! Hier, je suis allée à une soirée avec Alessandra ; elle avait mis des talons, elle était grande et belle comme toujours, et en même temps un peu vulgaire dans sa façon de parler et de bouger. Mais affectueuse aussi. Au début, je ne voulais pas y aller, un peu parce que je m'ennuie aux soirées, un peu parce que la chaleur étouffante m'empêchait de faire quoi que ce soit. Mais, lorsqu'elle m'a suppliée de l'accompagner, là, je l'ai suivie. On est allées en banlieue en scooter et on s'est mises à chanter. Là-bas, à cause de la canicule, les collines vertes et luxuriantes sont devenues sèches. Sur la place de Nicolosi, il y avait une grande fête ; l'asphalte n'était plus brûlant et des étalages de bonbons et de fruits secs avaient été installés. Le pavillon se trouvait au bout d'une allée sans lumière ; une fois arrivée devant le portail, Alessandra s'est mise à faire des grands gestes comme pour dire bonjour.

— Daniel, Daniel ! elle a appelé.

Il s'est avancé, très lentement, et l'a saluée. Il avait l'air pas mal, même si l'on ne voyait pas grand-chose. Alessandra nous a présentés et il m'a serré la main, mollement. Il a murmuré son nom et j'ai esquissé un sourire en pensant qu'il était timide. J'ai remarqué dans le noir ses dents blanches et parfaites, alors j'ai serré sa main plus fort et j'ai dit d'une voix un peu trop aiguë :

— Melissa.

Il n'a sans doute pas remarqué mes dents, qui ne sont pas aussi blanches que les siennes, mais peut-être a-t-il vu mes yeux s'illuminer et briller dans le noir. Quand on est entré, je me suis rendu compte qu'à la lumière il paraissait encore plus beau ; je me tenais derrière lui et je pouvais voir les muscles de ses épaules bouger à chaque pas. Je me sentais toute petite et très moche à côté de lui.

On s'est assis dans les fauteuils, il était en face de moi et buvait sa bière à petites gorgées en me fixant ; à ce moment-là, j'ai eu honte de mes points noirs sur le front et de ma peau moins bronzée que la sienne. Son nez droit et bien proportionné ressemblait exactement à celui des statues grecques ; les veines saillantes de ses mains leur donnaient une force remarquable. Et ses grands yeux bleu foncé m'observaient, hautains et superbes. Il m'a posé plein de questions tout en montrant clairement son indifférence. Mais, au lieu de me décourager, cela m'a rendue plus forte.

Il n'aimait pas danser, et moi non plus. Alors on est resté tous les deux pendant que les autres se déchaînaient en buvant.

Le silence est devenu pesant et j'ai voulu y remédier.

— Elle est belle cette maison, non ?

Il a juste haussé les épaules, j'ai pas voulu être indiscrète alors je me suis tue.

Après, est venu le moment des questions intimes. Il s'est rapproché de mon fauteuil et m'a regardée en souriant. Moi j'étais surprise et ravie, j'attendais un geste de sa part. On était seuls, dans le noir, et à une distance très propice. Et puis la question :

— Tu es vierge ?

J'ai rougi, j'ai senti un nœud dans ma gorge et des aiguilles me picoter la tête. J'ai dit oui timidement et j'ai tout de suite regardé ailleurs pour échapper à un immense embarras. Il s'est mordu la lèvre pour s'empêcher de rire, il a juste un peu toussé, sans dire un mot. Moi je m'engueulais intérieurement : Maintenant il ne va plus s'intéresser à toi ! T'es débile !

Au fond qu'est-ce que je pouvais dire ? C'est la vérité, je suis vierge. Je n'ai jamais été touchée par personne d'autre que moi, et ça me rend fière. Mais je suis curieuse, très curieuse ; surtout de découvrir le corps d'un homme, car je n'ai jamais eu le droit de le faire. Quand il y a des scènes d'amour à la télé, mon père se jette sur la télécommande et change de chaîne. Et puis, cet été, quand j'ai passé la nuit avec un garçon de Florence qui était en vacances ici, je n'ai pas osé mettre ma main comme lui l'avait fait sur moi.

Maintenant, j'ai envie d'avoir du plaisir avec quelqu'un d'autre, de sentir sa peau contre la mienne. Et puis, parmi les filles de mon âge que je connais, j'aurais peut-être la chance d'être la première à avoir un rapport sexuel. Pourquoi est-ce qu'il m'a demandé ça ? Je n'ai pas encore imaginé comment se passera ma première fois et je crois que je ne l'imaginerai jamais. Je veux la vivre et, si je peux, en garder un souvenir magnifique qui m'accompagnera dans les moments tristes de ma vie. Je pense que ça pourrait être lui, Daniel. Je l'ai senti.

Hier soir on s'est échangé nos numéros de portables et, cette nuit, pendant que je dormais, il m'a envoyé un texto que j'ai lu ce matin : « C'était bien avec toi. Tu es très mignonne, j'ai envie de te revoir. Viens chez moi demain, on se baignera dans la piscine. »

19 h 10

Je suis perplexe. Tout est un peu confus dans ma tête. Découvrir ce que je ne connaissais pas il y a quelques heures a été plutôt brutal. Mais pas totalement répugnant.

Sa maison de vacances est très belle, avec un jardin très vert et plein de fleurs de toutes les couleurs. Le soleil se reflétait dans la piscine et l'eau bleu ciel donnait envie de se baigner. Mais, aujourd'hui, j'ai pas pu à cause de mes règles. Je me suis assise sous un saule pleureur près d'une table en bambou, un verre de thé glacé à la main, et j'ai regardé les autres plonger et jouer. De temps à autre, il me souriait et je lui répondais en souriant aussi. J'étais contente. Et puis je l'ai vu sortir de la piscine et venir vers moi ; des gouttes d'eau coulaient sur son torse, il arrangeait ses cheveux mouillés en envoyant de l'eau partout.

— C'est dommage que tu ne puisses pas t'amuser, il a dit un peu ironique.

— C'est pas grave, je prendrai un peu le soleil.

Sans rien dire il a posé mon verre sur la table et m'a pris la main.

— On va où ? je lui ai demandé en riant malgré ma peur.

Il n'a pas répondu et m'a emmenée jusqu'à une porte en haut d'un escalier. Il a soulevé le paillasson et a pris des clés ; il en a glissé une dans la serrure, ses yeux étaient brillants et sournois en me regardant.

— Mais où tu m'emmènes ? j'ai demandé, avec la même crainte bien dissimulée.

Encore une fois pas de réponse, il a juste pouffé de rire. Il a ouvert la porte, est entré en me poussant à l'intérieur et a fermé derrière moi. Il faisait très chaud dans la pièce, les stores filtraient les rayons du soleil. Il m'a plaquée contre la porte et m'a embrassée avec ferveur, ses lèvres avaient le goût des fraises et leur couleur aussi. Ses mains s'appuyaient sur la porte et les muscles de ses bras étaient tendus, ils semblaient puissants sous mes mains qui les caressaient de la même façon que les petits démons qui parcouraient mon corps.

Il a pris mon visage, s'est éloigné de ma bouche et m'a demandé doucement :

— Ça te dit de le faire ?

Je me suis mordu les lèvres et j'ai dit non. Mille peurs m'ont envahie tout à coup, des peurs abstraites et sans visage. Il a pressé plus fort sur mes joues. Il essayait en vain de le faire avec douceur, mais il me poussait toujours plus bas, me mettant tout à coup face à l'Inconnu. Je l'avais sous les yeux, il sentait l'homme et chaque veine exprimait une telle puissance que j'ai senti que je devais régler mes comptes avec lui. Il s'est introduit présomptueusement entre mes lèvres, effaçant le goût de fraise encore imprégné sur ma bouche.

Et puis, soudain, il y a eu une autre surprise. J'ai senti dans ma bouche un liquide chaud et acide, épais et plutôt abondant. J'ai sursauté à cette découverte, il a eu un peu mal. Il a pris ma tête dans ses mains et l'a rapprochée un peu plus de lui. J'entendais sa respiration haletante et j'ai même cru que la chaleur de son souffle arrivait jusqu'à moi. J'ai avalé ce liquide parce que je ne savais quoi en faire, et ma gorge a émis un petit bruit dont j'ai eu honte. Alors que j'étais encore à genoux, j'ai vu ses mains s'approcher et comme j'ai cru qu'il voulait prendre mon visage, j'ai souri ; en fait il a remis son maillot de bain et j'ai entendu le bruit de l'élastique claquer sur sa peau humide de sueur. Alors je me suis levée toute seule et je l'ai regardé dans les yeux en cherchant en lui quelque chose qui aurait pu me rassurer et me rendre heureuse.

— Tu veux quelque chose à boire ? il a demandé.

Comme je sentais encore dans ma bouche le goût acide du liquide, j'ai répondu que oui, un verre d'eau. Il est allé à côté et il est revenu quelques secondes après un verre à la main. J'étais encore adossée à la porte et je regardais intriguée la pièce, maintenant qu'il avait allumé la lumière : des rideaux de soie, des sculptures et sur des canapés élégants, des livres et des revues. Un énorme aquarium projetait ses reflets sur les murs. J'entendais des bruits qui venaient de la cuisine. À l'intérieur de moi, il n'y avait pas d'inquiétude ni de honte, plutôt une satisfaction étrange. C'est seulement plus tard que la honte m'a envahie : quand il m'a tendu le verre avec indifférence et que j'ai demandé :

— Mais on fait vraiment comme ça ?

— Bien sûr ! il m'a répondu avec un sourire moqueur qui révélait toutes ses belles dents.

J'ai souri et je l'ai pris dans mes bras ; j'étais en train de respirer le parfum de sa nuque, et j'ai senti derrière moi sa main qui attrapait la poignée et ouvrait la porte.

— On se voit demain, il a dit.

Et, après un baiser qui m'a semblé gentil, je suis descendue retrouver les autres.

Alessandra m'a regardée en riant, j'ai esquissé un sourire qui a disparu quand j'ai baissé la tête : j'avais les larmes aux yeux.

29 juillet 2000

Cher journal,

Ça fait plus de deux semaines que je suis avec Daniel et déjà je suis très attachée à lui. C'est vrai qu'il est plutôt brusque avec moi. Jamais un compliment ou un mot gentil ne sort de sa bouche ; seulement de l'indifférence, des insultes ou des rires provocateurs. Cette attitude me rend en fait encore plus accro. Je suis sûre que la flamme que j'ai à l'intérieur réussira à le faire mien, et il s'en apercevra vite.

Au cours des après-midi chauds et monotones de cet été, je me retrouve à penser à son parfum, à sa bouche au goût de fraise, à ses muscles fermes et frémissants. Je me touche presque chaque fois et j'éprouve de merveilleux orgasmes intenses et pleins d'images. Je sens une immense flamme briller sous ma peau, parce qu'elle voudrait sortir, délivrer toute sa puissance. J'ai une envie folle de faire l'amour, je le ferais même tout de suite, et je continuerais jour après jour jusqu'à ce que ma flamme sorte, enfin libre. Je sais déjà que je ne serai pas rassasiée. J'absorberai ce que j'ai dispersé pour l'abandonner encore, dans un cycle toujours identique, toujours émouvant.

1er août 2000

Il m'a dit que je ne sais pas le faire, que je n'y mets aucun cœur. Il me l'a dit avec son air moqueur comme d'habitude et je suis partie en pleurant. On était sur le hamac dans son jardin, sa tête était posée sur mes jambes, je caressais ses cheveux et je regardais dormir ce jeune homme de dix-huit ans. J'ai mouillé le bout de mon doigt et je l'ai passé sur ses lèvres ; il s'est réveillé et m'a considérée d'un air interrogateur.

— J'ai envie de faire l'amour, Daniel, j'ai dit dans un seul souffle, les joues brûlantes.

Il a ri très fort, tellement fort qu'il s'étouffait.

— Mais casse-toi petite ! Qu'est-ce que tu veux ? T'es même pas capable de me sucer !

J'étais perdue, humiliée ; j'aurais voulu m'enterrer dans son jardin si bien entretenu, pourrir là, et que ses pieds continuent à me marcher dessus pour l'éternité. Je me suis enfuie, en lui balançant un « Connard ! » à la gueule. J'ai claqué le portail et j'ai démarré mon scooter. Je suis rentrée abattue et blessée dans mon orgueil.

C'est si difficile que ça de se faire aimer ? Je pensais que ça ne suffisait pas de boire sa potion pour être sûre de son amour, que je devais forcément me donner à lui tout entière. Maintenant que j'en ai envie, il se moque de moi et me vire. Qu'est-ce que je dois faire ? Il ne faut surtout pas que je lui avoue que je l'aime. Je peux encore lui prouver que je suis capable de faire des trucs auxquels il ne s'attend pas. Je suis persévérante et j'y arriverai.

3 décembre 2000
22 h 50

Aujourd'hui c'est mon anniversaire, j'ai quinze ans. Il fait froid et ce matin, il a plu à torrents. De la famille est venue à la maison, je n'ai pas été très agréable avec eux. Quand tout le monde est parti, mes parents me l'ont reproché.

Le problème, c'est que mes parents ne voient que ce qui leur fait plaisir. Quand j'ai la pêche, ils sont contents avec moi, sympas et compréhensifs. Quand je suis triste, ils m'évitent comme une pestiférée. Ma mère me dit que je suis une loque, que j'écoute de la musique de cimetière, et que mon seul plaisir c'est de m'enfermer dans ma chambre pour lire (ça elle ne le dit pas, mais je le vois bien dans ses yeux...). Mon père ne sait rien de ce que je fais et je n'ai aucune envie de lui raconter.

C'est l'amour qui me manque, je veux juste une caresse dans les cheveux, juste un regard sincère.

À l'école aussi la journée a été horrible ; je me suis payé deux interros surprise (j'ai pas envie de travailler) et après encore un contrôle en latin. Je pense à Daniel du matin au soir et il me poursuit même dans mes rêves. Je ne peux raconter à personne ce que j'éprouve pour lui, ils ne comprendraient pas, je le sais.

Pendant le contrôle de latin, il n'y avait pas de bruit, ni de lumière parce que les plombs avaient sauté. Moi j'ai laissé Hannibal traverser les Alpes et les Oies du Capitole donner le signal du combat, j'ai regardé dehors, à travers les vitres embuées et j'ai aperçu mon image opaque et voilée : sans amour un homme n'est rien, tu sais, il n'est rien du tout... (et moi je ne suis pas encore une femme...).

25 janvier 2001

Aujourd'hui, il a dix-neuf ans. Dès que je me suis réveillée, j'ai pris mon portable et le bip des touches a résonné dans le silence de ma chambre. Je lui ai envoyé un texto pour son anniversaire ; il ne me remerciera pas, peut-être qu'il rigolera un bon coup en le lisant. Il ne pourra plus se retenir quand il verra ma dernière phrase : « Je t'aime et c'est tout ce qui compte. »

4 mars 2001
7 h 30

Beaucoup de temps a passé depuis la dernière fois que j'ai écrit, et presque rien n'a changé. Je me suis laissée aller ces derniers mois, et j'ai difficilement supporté mon inadaptation face au monde ; je ne vois autour de moi que de la médiocrité. Même l'idée de sortir me dégoûte. Pour aller où ? Et avec qui ?

En attendant j'aime Daniel encore plus fort ; j'ai de plus en plus envie de l'avoir à moi. On ne se voit plus depuis le jour où je suis partie de chez lui en pleurant.

Hier soir son coup de fil a interrompu la monotonie de ces journées. J'espère qu'il n'a pas changé, que tout en lui est exactement comme le jour où j'ai fait connaissance avec l'Inconnu.

Entendre sa voix m'a comme réveillée d'un sommeil long et lourd. Il m'a demandé comment j'allais, ce que j'avais fait tout ce temps ; et puis en riant il m'a demandé si mes seins avaient poussé, j'ai dit oui même si c'est faux. Après quelques phrases formelles, je lui ai répété, comme la dernière fois, que j'avais envie de le faire. Pendant tous ces mois, mon envie était déchirante, je me suis touchée jusqu'à l'exaspération, j'ai eu des milliers d'orgasmes. Même pendant les heures de cours, j'avais du désir ; quand j'étais sûre que personne ne me regardait, je posais mon Secret sur la barre de fer de la chaise et j'exerçais une légère pression avec le corps.

Bizarrement, hier il ne s'est pas moqué de moi. Au contraire il est resté silencieux alors que je lui parlais de mon envie et il a répondu que c'était normal que j'éprouve certains désirs.

— Si tu veux, vu que je te connais depuis quelque temps, je peux t'aider à les réaliser, il a dit.

J'ai soupiré.

— En huit mois une petite fille change et peut comprendre des choses qu'elle ne comprenait pas avant. Daniel, avoue plutôt que tu n'as plus de chattes disponibles et que tout à coup (là j'ai pensé « et que finalement... ») tu t'es souvenu de moi !

— Mais t'es complètement tarée ! Raccroche, laisse tomber, c'est même pas la peine que je parle avec une débile comme toi !

Effrayée à l'idée de me refaire bouler, je me suis soumise.

— Non... Ça va, ça va. Excuse-moi, j'ai dit.

— Je vois que tu te mets à réfléchir un peu... J'ai une proposition à te faire.

J'étais curieuse, je l'ai poussé à expliquer, un peu comme une enfant. Il m'a dit qu'il voulait bien le faire avec moi seulement s'il n'y avait rien entre nous. Si c'était qu'une histoire de sexe où on se voit quand on a envie. Je pensais qu'à la longue même une histoire de sexe pouvait se transformer en histoire d'amour ; même s'il n'y avait pas de sentiments au début, ils pouvaient venir après, avec l'habitude. Je me suis donc soumise à son désir pourvu qu'il cède à mes caprices : je serai sa petite amante de temps à autre, quand il en aura marre il me lâchera sans trop de problèmes. Vu sous cet angle, ma première fois ressemble à un pacte entre un mec trop malin et une fille trop curieuse dont le cœur va bientôt exploser. En fait, il manque un document écrit pour que ce soit un véritable pacte.

J'espère quand même que ça marchera ; je

veux garder le souvenir en moi pour toujours, je veux qu'il soit beau, étincelant et poétique.

15 h 18

Mon corps est lourd et épuisé, incroyablement lourd. C'est comme si quelque chose d'énorme m'était tombé dessus. Je ne parle pas de douleur physique, mais d'une douleur différente, à l'intérieur. Je n'ai pas eu mal même si j'étais sur lui...

Ce matin, j'ai sorti mon scooter du garage et je suis allée chez lui, dans le centre-ville. Il était tôt. La moitié de la ville dormait encore et les rues étaient presque vides. De temps à autre, un camionneur klaxonnait et me lançait un compliment, ça me faisait sourire parce que j'imaginais que les gens se rendaient compte de ma joie, qui me rendait belle et lumineuse.

Je suis arrivée en bas de chez lui, j'ai regardé ma montre, c'était terrible, j'étais en avance, comme toujours. Alors je me suis assise sur mon scooter et j'ai pris mon livre de grec pour revoir le cours que j'aurais dû avoir ce matin (si mes prof savaient que je sèche les cours pour coucher avec un mec !). J'étais quand même agitée, je tournais les pages sans réussir à lire un seul mot. Je sentais mon cœur battre à toute allure et, sous ma peau, le sang circuler dans mes veines. J'ai posé mon livre et je me suis regardée dans le rétro de mon scooter. Je me suis dit que mes lunettes roses et mon poncho noir le charmeraient ; je me suis mordu les lèvres, j'étais trop orgueilleuse. Il était neuf heures moins cinq, ça n'était pas un drame d'arriver en avance.

J'ai sonné à l'interphone et tout de suite j'ai aperçu son torse nu derrière la fenêtre. Il a ouvert les persiennes ; son visage et le ton de sa voix étaient durs et ironiques :

— Il est moins cinq, reste là, c'est moi qui t'appellerai à neuf heures pile.

J'ai ri stupidement. Mais maintenant, en y repensant, je crois que pour lui c'était un message pour montrer qui décidait et qui devait obéir.

Peu de temps après, il est sorti sur la terrasse.

— Tu peux entrer, il a dit.

Dans les escaliers, ça sentait la pisse de chat et les fleurs fanées. J'ai entendu une porte s'ouvrir et j'ai monté les marches deux par deux pour ne rien retarder. Il avait laissé la porte ouverte et je suis entrée en l'appelant doucement ; j'ai perçu du bruit dans la cuisine et j'y suis allée. Il est venu à ma rencontre et m'a arrêtée en m'embrassant sur la bouche, ça m'a rappelé son goût de fraise.

— Mets-toi là, j'arrive tout de suite, il a dit en indiquant une pièce à droite.

Je suis entrée dans sa chambre en désordre ; il était évident qu'elle venait de se réveiller avec lui. Sur le mur, des plaques de voitures américaines, des posters de manga et des photos de voyage. Sur la table de nuit, il y avait une photo de lui petit, je l'ai touchée doucement avec un doigt ; il est arrivé derrière moi et il a retourné le cadre en me disant que je ne devais pas regarder.

Il m'a prise par les épaules et m'a fait pivoter, il m'a observée attentivement et s'est exclamé :

– Putain, t'es habillée n'importe comment ? !

— Va te faire foutre, Daniel ! j'ai répondu, blessée une fois encore.

Son téléphone a sonné et il est sorti pour répondre ; je ne saisissais que des bribes de mots et des rires étouffés. Puis, j'ai entendu :

— Attends. Je vais la voir et je te dis.

Il a passé sa tête dans l'entrebâillement de la porte et il m'a regardée, il est ressorti :

— Elle est debout près du lit, les mains dans les poches. Je me la tape et après je te raconte. Salut !

Il est revenu en souriant et j'ai répondu par un sourire nerveux.

Sans rien dire il a baissé les persiennes et fermé la porte de sa chambre à clé. Il a enlevé son pantalon.

— Ben... Qu'est-ce que tu fais ? Déshabille-toi, tu veux quoi ?

Pendant que je me déshabillais, il a ri. Une fois que j'étais nue, il a penché un peu la tête et il a dit :

— T'es pas si mal... J'ai conclu un pacte avec une belle minette.

Cette fois, j'ai pas souri, j'étais nerveuse, je regardais les reflets du soleil sur mes bras blancs. Il a commencé à m'embrasser dans le cou et puis il est descendu petit à petit, les seins puis le Secret ; mon Lait coulait déjà.

— Pourquoi tu ne te la rases pas ? il a murmuré.

— Non, j'aime mieux comme ça, j'ai murmuré aussi.

J'ai baissé la tête et j'ai vu son excitation ; je lui ai demandé s'il voulait qu'on commence.

— Comment tu veux le faire ? il a demandé sans hésiter.

— Je sais pas, dis-moi, toi... je l'ai jamais fait.

Je me suis allongée sur le lit défait, les draps étaient froids, Daniel s'est mis sur moi, il m'a regardée droit dans les yeux et m'a dit :

— Viens sur moi.

— J'aurai pas mal ?

— Ça fait rien, il s'est exclamé sans me regarder.

J'ai grimpé sur lui et j'ai laissé son pieu

pénétrer le centre de mon corps. J'ai eu un peu mal, mais rien de terrible. Le sentir à l'intérieur de moi n'a pas provoqué le bouleversement auquel je m'attendais. Au contraire. Son sexe me brûlait, me gênait, mais j'ai senti qu'il fallait que je reste emboîtée à lui comme ça.

Pas un seul gémissement, mes lèvres étaient tendues dans un sourire. Lui faire comprendre ma douleur aurait été exprimer des sentiments qu'il ne voulait pas connaître. Il voulait se servir de mon corps, pas découvrir mon étincelle.

— Allez petite, je te ferai pas mal, il a dit.

— Non, non, j'ai pas peur. Mais tu pourrais pas te mettre toi au-dessus ? j'ai demandé en souriant faiblement.

Il a soupiré et il s'est allongé sur moi.

— Tu sens quelque chose ? il m'a demandé en remuant doucement.

— Non, j'ai répondu, croyant qu'il parlait de la douleur.

— Comment ça non ? C'est le préservatif ?

— Je ne sais pas, j'ai pas mal du tout.

Il m'a regardée dégoûté :

— Putain toi t'es pas vierge !

Je n'ai pas répondu tout de suite. Je l'ai regardé stupéfaite.

— Comment ça ? Tu veux dire quoi ?

— Avec qui tu l'as fait, hein ? il a demandé en se levant précipitamment et en ramassant ses vêtements.

— Avec personne, je te jure ! j'ai crié.
— C'est fini pour aujourd'hui.

Le reste, inutile de le raconter. Je suis partie sans même avoir la force de pleurer ou de crier ; juste une tristesse infinie qui me serre le cœur et le ronge peu à peu.

6 mars 2001

Au déjeuner aujourd'hui, ma mère m'a demandé d'une voix autoritaire à quoi je pensais tout le temps depuis quelques jours. J'ai répondu en soupirant :

— C'est l'école, on a trop de contrôles...

Mon père engloutissait ses spaghettis, il levait juste les yeux pour voir les derniers bouleversements politiques au « 20 heures ». Je me suis essuyé la bouche sur la nappe et j'y ai laissé une tache. Je suis vite partie de la cuisine et ma mère n'arrêtait pas de pester, que je n'ai aucun respect, qu'à mon âge elle lavait les nappes au lieu de les salir.

— Oui, oui ! je criais depuis l'autre pièce.

Je me suis blottie dans mon lit et j'ai trempé les draps de mes larmes. Le parfum de l'adoucissant se mélangeait à l'odeur bizarre des larmes, je les ai essuyées avec la paume de ma main. J'ai regardé au mur le portrait qu'un peintre brésilien avait fait de moi à Taormina. Il m'avait arrêtée dans la rue et m'avait dit :

— Tu as un visage si beau, laisse-moi le dessiner. Je te le fais pour rien, vraiment.

Tandis que son crayon traçait des traits, ses yeux souriaient à la place de ses lèvres qui restaient fermées.

— Pourquoi tu penses que j'ai un beau visage ? lui avais-je demandé pendant que je posais.

— Parce qu'il révèle ta beauté, ta candeur et ton intelligence.

Sous les couvertures, j'ai repensé aux paroles du peintre et à hier matin quand j'ai perdu ce qu'il avait trouvé de rare en moi. Je l'avais perdu entre des draps trop froids, entre les mains d'un homme qui avait dévoré son propre cœur qui ne battait plus. Le sien est mort. Moi, j'ai un cœur, même s'il ne le voit pas, même si personne ne le verra jamais. Et avant de l'offrir, ce cœur, je donnerai mon corps à tout homme ; pour deux raisons : peut-être qu'en me caressant il sentira le goût de la colère et de l'amertume et qu'il ressentira un peu de tendresse. Et puis parce qu'il tombera amoureux de ma flamme jusqu'à ne plus pouvoir s'en passer. Après seulement, je me donnerai tout entière, sans hésitation, sans contrainte, afin que rien de tout ce que j'ai toujours désiré ne soit perdu. Mon cœur, je le garderai bien serré dans mes bras et je le ferai grandir comme une fleur rare et délicate, en veillant à ce qu'un coup de vent ne le fane pas brusquement, c'est promis.

9 avril 2001

Les journées sont plus belles ; cette année, le printemps a explosé sans demi-mesure. Le matin, je me lève et je découvre les fleurs écloses, et trouve l'air plus tiède ; la mer recueille les reflets du ciel et se colore d'un bleu intense. Comme d'habitude, je vais au lycée en scooter ; le froid est encore piquant, mais le soleil est prometteur. Des rochers émergent de la mer, ce sont ceux que Polyphème lança sur Personne[1] qui l'avait aveuglé. Ils sont plantés au fond de la mer, ils sont là depuis tellement longtemps ; ni les guerres, ni les tremblements de terre, ni les éruptions de l'Etna ne les ont engloutis. Ils se dressent, imposants, au-dessus de l'eau, je les regarde et je pense à toute la médiocrité et la petitesse de ce monde. On parle, on bouge, on mange, on fait tout ce qu'un être humain doit faire mais, contrairement à ces

1. Dans la mythologie grecque, Ulysse, pour se protéger, fit croire au cyclope Polyphème qu'il s'appelait Personne. *(N.d.T.)*

rochers, on ne reste jamais immobile, jamais à la même place. On se détruit, les guerres nous tuent, les tremblements de terre nous accablent, la lave nous engloutit et l'amour nous trahit. Et nous ne sommes même pas immortels. C'est peut-être mieux, non ?

Hier, les rochers de Polyphème nous regardaient pendant qu'il s'agitait convulsivement sur mon corps. Il ne voyait même pas que je grelottais de froid et que je regardais ailleurs, le reflet de la lune sur l'eau. On a tout fait en silence, comme d'habitude. Toujours pareil. Chaque fois. Son visage sur mon épaule, sa respiration dans mon cou. Sa salive mouillait chaque centimètre de ma peau comme une limace paresseuse qui laisserait sa trace visqueuse. Sa peau n'était plus la peau humide et dorée que j'avais embrassée cet été ; ses lèvres n'avaient plus ce goût de fraise, elles n'avaient plus aucune saveur. Au moment de m'offrir sa potion secrète, il a émis comme d'habitude un râle de plaisir, qui ressemblait de plus en plus à un grognement. Il s'est détaché de mon corps et s'est allongé sur la serviette à côté de moi en soupirant comme s'il s'était libéré d'un immense poids. J'ai remarqué les courbes de son dos et les ai admirées ; j'ai approché ma main, mais j'ai interrompu mon geste, inquiète de sa réaction. J'ai continué à le regarder et à regarder les rochers, un œil sur chacun. Et puis je me suis rendu compte que la lune était entre les deux ; j'ai plissé les yeux pour mieux voir sa forme et sa couleur indéfinissable.

Je me suis tournée d'un coup comme si je venais de comprendre quelque chose, un mystère jusqu'alors inaccessible. « Je ne t'aime pas », j'ai murmuré, comme à moi-même. J'ai à peine eu le temps de le penser qu'il ouvrait déjà les yeux.

— Putain, mais qu'est-ce que tu dis ?

Je l'ai fixé un instant et j'ai répété plus fort :

— Je ne t'aime pas.

Il a froncé les sourcils et s'est exclamé :

— Qui te l'a demandé, putain ?

On est resté silencieux, il m'a de nouveau tourné le dos ; j'ai entendu au loin la portière d'une voiture se fermer et puis un couple qui riait. Daniel, agacé, a dit :

— Putain, ils veulent quoi ceux-là... pourquoi ils me laissent pas tranquille, qu'ils aillent baiser ailleurs !

— Ils ont le droit de baiser où ils veulent, non ?

— Écoute chérie... c'est pas à toi de me dire ce qu'ils peuvent faire ou pas. C'est moi qui décide, toujours. Et pour toi c'est pareil, j'ai toujours décidé et ça va pas changer !

Pendant qu'il parlait, je me suis retournée, énervée ; il secouait mes épaules hargneusement et proférait des mots incompréhensibles entre ses dents. Je n'ai pas bougé, tous mes muscles étaient immobiles.

— Tu ne dois pas me traiter comme ça ! Je t'interdis de te foutre de moi... et quand je parle, tu dois m'écouter, pas te retourner, t'as compris ?

Alors je lui ai saisi les poignets et je les ai sentis se dérober dans mes mains. J'ai eu pitié de lui, mon cœur s'est serré. J'ai dit tout doucement :

— Moi je t'écouterais pendant des heures si seulement tu me parlais, si seulement tu me le permettais.

Je l'ai vu se détendre, il a plissé les yeux et les a baissés. Il a éclaté en sanglots et a caché son visage dans ses mains ; il s'est blotti de nouveau sur sa serviette, il ressemblait encore plus à un enfant innocent et sans défense.

Je l'ai embrassé sur la joue, j'ai soigneusement plié ma serviette, j'ai rassemblé mes affaires et je me suis dirigée tranquillement vers le couple. Ils étaient enlacés ; je me suis arrêtée un peu pour les regarder et, sous le bruit des vagues, j'ai entendu un « Je t'aime ».

Ils m'ont raccompagnée à la maison ; je me suis excusée de les avoir interrompus mais ils m'ont rassurée en me disant qu'ils étaient contents de m'avoir aidée.

Maintenant que je t'écris, cher journal, je

me sens coupable. Je l'ai abandonné tout seul sur la plage en train de pleurer, je suis partie comme une lâche et je l'ai laissé se faire du mal. En même temps j'ai tout fait pour lui, et pour moi aussi. Il m'a souvent laissée pleurer et au lieu de me prendre dans ses bras, il me rejetait en se moquant de moi ; ce sera pas un drame pour lui d'être tout seul. Ni pour moi.

30 avril 2001

Je suis heureuse, heureuse, heureuse ! Je n'ai aucune raison de l'être, et pourtant je le suis. Personne ne m'appelle, et pourtant je respire la joie de vivre, je suis trop heureuse. Je me suis débarrassée de toutes mes paranoïas, je ne stresse plus à attendre qu'il m'appelle, et je ne le vois plus haleter au-dessus de moi en se fichant de moi et de mon corps. Je n'ai plus à raconter de mensonges à ma mère quand elle me demande où je suis allée. Avant je répondais chaque fois une connerie différente : dans un bar boire une bière, ou au cinéma ou au théâtre. En me couchant, j'imaginais ce que j'aurais fait si j'y étais vraiment allée. Je me serais amusée sans doute, j'aurais rencontré des gens, j'aurais eu une autre vie que école, maison et sexe avec Daniel. Maintenant, je veux une nouvelle vie, peu importe combien de temps cela prendra, je veux quelqu'un qui s'intéresse à moi. Peut-être que la solitude me détruit, en tout cas elle ne me fait pas peur. Je suis ma meilleure amie, je ne pourrais jamais me trahir, jamais m'abandonner. Peut-être me faire du mal ? Oui peut-être. Pas parce que cela me fait plaisir, mais parce que d'une certaine manière je veux me punir. Comment je fais pour m'aimer et me punir en même temps ? C'est un paradoxe, je le sais. Jamais l'amour et la haine n'ont été autant complices à l'intérieur de moi.

7 juillet 2001
00 h 38

Aujourd'hui, je l'ai revu, il a encore abusé de mes sentiments ; j'espère que c'est la dernière fois. Ça a commencé comme toujours et ça s'est terminé comme d'habitude. Je suis stupide, mon journal, je n'aurais jamais dû le laisser s'approcher.

5 août 2001

C'est fini, pour toujours. Et je me réjouis de pouvoir dire que moi je ne le suis pas, finie ; au contraire, je recommence à vivre.

11 septembre 2001
15 h 25

Peut-être que Daniel regarde les mêmes images à la télé, les mêmes que celles que je vois.

28 septembre 2001
9 h 10

Les cours ont repris et on respire déjà le climat des grèves et des manifestations avec toujours les mêmes arguments ; je vois déjà les visages tout rouges des mecs du *Collettivo*[1] affronter ceux de *Azione*[2]. La première assemblée de l'année va commencer tout à l'heure, c'est sur la mondialisation.

Là, je suis en permanence ; derrière moi, il y a des filles qui parlent de celui qui présidera l'assemblée. Elles disent que c'est un beau mec, avec un visage d'ange et très intelligent, elles pouffent parce que l'une d'elles prétend qu'elle s'en fiche de l'intelligence et qu'elle préfère le visage d'ange. Celles qui discutent sont celles qui m'ont humiliée en racontant que j'avais couché avec un mec qui n'était pas mon petit

1. Organisation politique étudiante de gauche. *(N.d.T.)*
2. Mouvement des jeunes de *Alleanza Nazionale*, l'ancien parti néo-fasciste. *(N.d.T.)*

copain ; moi j'avais eu confiance et j'avais tout raconté sur Daniel à l'une d'entre elles ; elle m'avait prise dans ses bras et m'avait dit « je suis désolée » d'un air hypocrite.

— Pourquoi tu lui demandes pas de te niquer ? demande celle de tout à l'heure.

— Non, je le violerais contre son gré ! répond l'autre en riant.

— Et toi, Melissa, qu'est-ce que tu lui ferais ?

Je me suis retournée et j'ai répliqué que je ne le connaissais pas et que je n'avais rien envie de faire avec lui. Maintenant elles rigolent, et leurs rires se confondent avec le son aigu et métallique de la cloche.

16 h 35

Même si j'ai été choisie pour écrire le compte rendu de l'assemblée, je ne suis pas très intéressée par les douanes détruites ou les McDonald's incendiés. J'étais assise au centre de la longue table, avec, de part et d'autre, les représentants des factions ennemies. Le garçon au visage d'ange était assis à côté de moi, il mordait son stylo. Et pendant que le réac' convaincu se battait contre le gauchiste tenace, je fixais le bic bleu entre ses dents.

— Écris mon prénom parmi les intervenants, il m'a demandé, le visage penché sur ses notes.

— Comment tu t'appelles ?

— Roberto, il a dit cette fois en me regardant, étonné que je ne le sache pas.

Il s'est levé pour parler ; son discours était habile et convaincant. Je l'observais, ses gestes étaient désinvoltes, l'assemblée très attentive réagissait à chacune de ses formules ironiques qui savaient toucher le bon endroit. C'était un étudiant en droit. Normal qu'il parle aussi bien. J'avais remarqué qu'il se tournait de temps en temps pour me regarder et moi, un peu malicieusement mais comme si de rien n'était, j'ai ouvert le bouton de mon chemisier, laissant voir le début de mes seins blancs. Peut-être qu'il s'en est aperçu, en tout cas il se tournait vers moi plus souvent, avec un petit air intrigué et gêné (c'est l'impression que j'ai eue). Il a terminé son discours, s'est rassis et a mis son stylo dans la bouche sans se préoccuper des gens qui l'applaudissaient. Il s'est penché vers moi et m'a dit :

— Je ne me souviens pas de ton prénom.

J'ai eu envie de m'amuser.

— Je ne te l'ai pas encore donné...

Il a secoué légèrement la tête et a dit :

— Ah oui !

Il s'est remis à écrire, moi je souriais, contente qu'il attende que je lui dise mon nom.

— Et tu ne veux pas le dire ?

— Melissa, j'ai répondu en souriant.

— Mmm... tu as le nom des abeilles. Tu aimes le miel ?

— C'est trop sucré, je préfère les goûts plus épicés.

Il a souri et on s'est remis à écrire chacun de notre côté. Il s'est levé pour aller fumer une cigarette, il faisait des grands gestes et riait avec un autre garçon, très beau lui aussi. Parfois, il me regardait et me souriait en tirant sur sa cigarette. De loin il semblait plus élancé, ses boucles châtains qui lui tombaient sur le front paraissaient douces et parfumées. Il s'était appuyé contre le mur, il était comme en déséquilibre sur un côté, déhanché, une main dans la poche. Sa chemise à carreaux sortait de son pantalon et ses lunettes rondes lui donnaient un air de parfait intellectuel. Son ami, je l'avais déjà vu à la sortie du lycée distribuer des tracts ; il a toujours un cigarillo aux lèvres, allumé ou éteint.

J'étais en train de rassembler toutes les feuilles, que je devais joindre au compte rendu, lorsqu'il est arrivé et m'a serré la main en me saluant avec un grand sourire :

— Au revoir camarade !

J'ai ri et je lui ai expliqué que j'aimais bien qu'on m'appelle camarade, que c'était rigolo.

— Allez, allez ! Qu'est-ce que tu fais là à

bavarder ? Tu ne vois pas que la réunion est terminée ? a dit le proviseur-adjoint en tapant dans ses mains.

Aujourd'hui je suis heureuse, j'ai fait une belle rencontre et j'espère qu'elle n'en restera pas là. Tu le sais, mon journal, que je persévère quand je veux obtenir quelque chose. Maintenant je veux son numéro et je suis certaine de l'obtenir. Après son numéro, j'aurai envie de ce que tu sais, prendre de la place dans ses pensées. Mais avant ça, tu sais ce que je dois donner...

10 octobre 2001
17 h 15

Aujourd'hui, la journée est triste et humide, le ciel est gris, le soleil ressemble à une tache pâle et floue. Ce matin, il a plu doucement, mais maintenant on dirait que la foudre va faire sauter les plombs. Aucune importance, je suis tellement heureuse.

En sortant du lycée, il y avait toujours les mêmes types, imperturbables sous la pluie, qui cherchent à te fourguer un livre ou te convaincre avec leurs tracts. Sous son imperméable kaki, le cigarillo aux lèvres, l'ami de Roberto était en train de distribuer des papiers rouges. Quand il s'est approché pour m'en donner un, je suis restée interdite. Je ne savais pas quoi faire. J'ai marmonné merci et j'ai avancé en me disant qu'une telle occasion ne se reproduirait pas de si tôt. J'ai écrit mon numéro au dos du papier, j'ai fait demi-tour et je lui ai rendu.

— Qu'est-ce que tu fais ? Tu me le rends au lieu de le jeter ? il m'a demandé en souriant.

— Non, je veux que tu le donnes à Roberto.

— Mais Roberto en a déjà des centaines comme ça !

Je me suis mordu la lèvre et j'ai ajouté :

— C'est ce qu'il y a derrière qui intéressera Roberto...

— Ah... j'ai compris... Sois tranquille, je le vois juste après et je lui donne.

— Merci beaucoup !

J'aurais voulu lui faire un gros bisou sur la joue. J'ai commencé à partir.

— Au fait, je m'appelle Pino. Toi, c'est Melissa, c'est ça ?

— Oui, je vois que tu n'as pas attendu pour lire derrière le papier.

— Qu'est-ce que tu veux... la curiosité est le propre des gens intelligents. Tu es curieuse ?

J'ai fermé les yeux.

— Tellement curieuse, j'ai dit.

— Tu vois, alors tu es intelligente.

Une fois mon ego satisfait, je l'ai salué et je suis allée sur la petite place devant le lycée, mais il n'y avait personne à cause du mauvais temps. J'ai traîné avant de partir, la circulation aux heures de pointe est horrible même en scooter. Mon portable a sonné :

— Allô ?

— Euh... salut, c'est Roberto.

— Wouaou, salut !

— Tu m'as épaté, tu sais ?

— J'aime bien oser. Tu aurais pu ne pas m'appeler, j'ai couru le risque de me prendre un vent.

— Tu as très bien fait. Sinon, je serais venu te le demander. Seulement tu sais... ma copine est dans ton lycée...

— Ah, t'as une copine...

— Oui mais... ça fait rien.

— ... Moi aussi je m'en fous.

— Dis-moi, pourquoi t'as essayé de me revoir ?

— Et toi ?

— Ben... j'ai demandé le premier.

— Parce que je voudrais mieux te connaître et passer un peu de temps avec toi.

Silence.

— Maintenant c'est ton tour.

— Pareil. Même si tu connais le problème, je suis déjà pris.

— Je ne crois pas beaucoup aux histoires sérieuses. Elles ne le sont plus dès qu'on cesse d'y croire.

— Ça t'irait qu'on se voie demain ?

— Non, demain j'ai cours. On n'a qu'à dire vendredi, c'est la grève. On se retrouve où ?

— Devant le resto U à 10 h 30.

— D'accord.

— Salut, à vendredi !

— À vendredi. Bisou.

14 octobre 2001
17 h 30

Comme d'habitude, je suis arrivée très en avance. Le temps est le même depuis quatre jours, d'une monotonie terrible.

J'attendais devant la cantine ; je pouvais sentir une odeur d'ail et entendre les cuisinières s'agiter et critiquer leurs collègues. Un étudiant passait, m'adressait des clins d'œil, moi je faisais semblant de ne pas voir. J'étais sereine et je me laissais bercer par le monde alentour. Je ne pensais pas à moi du tout.

Il est arrivé dans sa voiture jaune, tout emmitouflé ; une énorme écharpe lui cachait le visage et ne laissait voir que ses lunettes.

— C'est pour qu'on me reconnaisse pas, tu sais comment elle est... ma copine. On prendra les petites routes, ça sera plus long, mais il n'y aura pas de risque, comme ça !

La pluie tambourinait sur le pare-brise, comme si elle voulait le fracasser. On se dirigeait vers sa maison de campagne sur les pentes de l'Etna. Les branches noires et sèches lacéraient le ciel nuageux comme des petites fêlures. Les oiseaux, impatients de trouver un abri, volaient péniblement sous la pluie battante. Moi aussi, j'aurais voulu m'envoler pour trouver un abri, au chaud. Je ne ressentais aucune angoisse ; c'était comme si je quittais la maison pour commencer un nouveau travail, inintéressant. Au contraire, un travail nécessaire et fatigant.

— Ouvre la boîte à gants, il doit y avoir des CD.

J'en ai pris plusieurs et puis j'ai choisi Carlos Santana. On a parlé du lycée, de la fac et puis de nous.

— Je ne veux pas que tu me juges, j'ai dit.

— Tu rigoles ? Ce serait comme si je me jugeais moi-même alors... on fait tous les deux la même chose. Non, pour moi c'est plus grave vu que j'ai une copine. Mais tu vois, elle...

— Elle veut pas le faire.

— Exactement.

Il a pris un sentier et s'est arrêté devant un portail vert. Il est descendu de la voiture pour l'ouvrir. Quand il est remonté, j'ai aperçu le portrait de Che Guevara sur son T-shirt trempé.

— Putain, on est en automne et il fait déjà un temps dégueulasse.

Il s'est retourné vers moi.

— T'es pas un peu troublée ?

J'ai tendu mes lèvres et j'ai secoué la tête.

— Non, pas du tout.

Pour arriver jusqu'à la porte je me suis couvert la tête avec mon sac et on a rigolé comme des gamins à courir sous la pluie.

Dans la maison, il n'y avait aucune lumière et il faisait un froid glacial. J'avançais à tâtons dans le noir, lui, qui connaissait tous les recoins, marchait avec une certaine désinvolture. Je me suis arrêtée à un endroit qui me semblait moins sombre, j'ai vu un canapé et j'ai posé mon sac.

Roberto est arrivé derrière moi, m'a fait faire demi-tour et m'a mis toute sa langue dans la bouche. Ce baiser m'a un peu dégoûtée, il n'était pas du tout comme ceux de Daniel. Il me refilait sa salive, et la laissait couler sur nos lèvres. Je l'ai repoussé gentiment sans le blesser et je me suis essuyé la bouche. Il a pris ma main et m'a emmenée dans la chambre qui était également noire et froide.

— On ne peut pas allumer la lampe ? j'ai demandé pendant qu'il m'embrassait le cou.

— Non, j'aime mieux comme ça.

Il m'a allongée sur le lit, s'est agenouillé et m'a enlevé mes chaussures. Moi je n'étais ni excitée, ni vraiment impassible. J'avais l'impression de le faire parce que ça lui faisait plaisir.

Il m'a déshabillée rapidement comme si

j'étais un mannequin dans une vitrine, à la manière d'un vendeur pressé et indifférent. Quand il a découvert mes bas, il a demandé étonné :

— Tu mets des bas ?

— Oui, toujours.

— Mais tu es une grosse cochonne !

J'ai eu honte de son commentaire hors de propos ; mais sa transformation de garçon bien élevé en homme brusque et vulgaire m'a encore plus marquée. Il avait des yeux avides et luisants, ses mains fouillaient partout sous ma chemise, dans ma culotte.

— Tu veux que je les garde ? j'ai demandé pour satisfaire ses envies.

— Oui, garde-les, ça fait plus pute.

J'ai rougi de nouveau, mais après j'ai senti mon Secret se réchauffer et la réalité s'éloigner peu à peu. La Passion reprenait le dessus.

J'ai glissé du lit, le carrelage était incroyablement froid et lisse sous mes pieds. J'attendais qu'il me prenne et qu'il me fasse ce qu'il voulait.

— Suce-la-moi, salope ! il a murmuré.

J'ai chassé ma honte et je me suis exécutée. Je sentais son membre grandir et se durcir. Il m'a prise sous les bras et m'a portée jusqu'au lit au-dessus de lui. Il a approché son pieu de mon sexe encore si peu mouillé.

— Je veux te faire souffrir. Vas-y, hurle, montre-moi que t'as mal.

Effectivement j'ai eu mal, la dilatation s'est faite à contrecœur et je sentais que ça me brûlait à l'intérieur.

Je hurlais tandis que la pièce obscure me tournait autour. L'embarras n'existait plus, à la place il n'y avait plus que le désir qu'il m'appartienne.

J'ai pensé « si je hurle, il sera content, il me l'a demandé. Je ferai tout ce qu'il veut ». Je hurlais et j'avais mal, je ne ressentais pas le moindre plaisir. Lui, par contre, il a explosé, sa voix s'est transformée, il s'est mis à grogner des mots obscènes et vulgaires. Il me les balançait et les mots entraient en moi avec une telle violence que c'était pire que la pénétration.

Puis tout est redevenu comme avant. Il a repris ses lunettes sur la table de nuit, il a enlevé le préservatif avec un mouchoir et l'a jeté, il s'est rhabillé calmement, m'a caressé la tête et dans la voiture on a parlé de Bush et de Ben Laden comme si de rien n'était...

25 octobre 2001

Roberto m'appelle souvent, il prétend que ça le remplit de joie de m'entendre, que ça lui donne envie de faire l'amour. Il le dit doucement, il ne veut pas qu'on l'entende et puis il a un peu de mal à le reconnaître. Je lui dis que c'est pareil pour moi et que je pense à lui quand je me touche. C'est faux. Je le dis pour flatter son orgueil et lui, tout fier, me dit toujours :

— Je sais que je suis un bon amant. Je plais beaucoup aux femmes.

C'est un ange présomptueux, il est irrésistible. Je pense à lui pendant la journée, mais je pense plus au garçon bien élevé qu'à l'amant passionnel. Il me fait sourire quand il se transforme. Il sait trouver le juste équilibre entre ses deux personnages. Contrairement à moi, qui suis toujours la même, où que je sois. Ma flamme est toujours là, et ma malice aussi.

1er décembre 2001

Je lui ai dit qu'après-demain c'était mon anniversaire et il s'est exclamé :

— Bon alors on doit organiser une fête pour l'occasion !

— On en a déjà fait une plutôt belle hier. Ça ne te suffit pas, Roberto ?

— Ah non... pour ton anniversaire, ce sera une fête spéciale. Tu connais Pino, non ?

— Oui, bien sûr.

— Tu l'aimes bien ?

J'avais peur de lui répondre quelque chose

qui l'aurait éloigné de moi, mais finalement j'ai dit la vérité :

— Oui, beaucoup.

— Parfait. Je viens te chercher après-demain alors.

— D'accord.

J'ai raccroché un peu étonnée par son étrange agitation.

Je m'en remets à lui.

3 décembre 2001
4 h 30 du matin

Mon anniversaire de seize ans. Je voudrais que tout s'arrête, ne plus avancer. À seize ans, je suis maître de mes actes mais aussi victime du hasard.

En sortant de la maison, j'ai remarqué que Roberto n'était pas seul dans sa voiture jaune. Dans l'obscurité, j'ai vu un cigare et j'ai tout compris.

— Tu aurais pu rester au moins pour le jour de ton anniversaire, m'a dit ma mère avant que je sorte.

Je ne l'ai pas écoutée et je suis partie sans lui répondre.

L'ange présomptueux m'a regardée en souriant et je suis montée dans la voiture en faisant semblant de ne pas avoir vu Pino.

— Alors, tu ne dis rien ? il m'a demandé en indiquant le siège arrière.

Je me suis tournée et j'ai vu Pino affalé, il avait les yeux rouges et les pupilles dilatées. Je lui ai souri et j'ai dit :

— Tu as fumé ?

Il a hoché la tête et Roberto a ajouté :

— Et il s'est tapé une bouteille entière d'eau-de-vie.

— Parfait, il est bien parti ! j'ai dit.

Les lumières de la ville se reflétaient sur les vitres, les magasins étaient encore ouverts, les marchands attendaient Noël avec impatience. Dans la rue, des couples, des familles se promenaient sans savoir que dans la voiture j'étais seule avec deux hommes qui m'emmenaient je ne savais où.

On a traversé la rue Etna, le Dôme illuminé était entouré de palmiers. Sous cette rue coule un fleuve, enfoui dans la roche volcanique. Il est silencieux, imperceptible. Comme mes pensées douces et muettes, sagement cachées sous ma cuirasse. Elles défilent. Elles me déchirent.

À cet endroit, le matin, il y a le marché aux poissons ; les mains des pêcheurs sentent la mer, leurs ongles sont noirs à cause des entrailles des poissons. Ils prennent de l'eau dans un seau pour asperger les poissons encore vivants et frétillants. La nuit, l'atmosphère change.

En descendant de la voiture, je me suis

rendu compte que l'odeur de hachisch remplace celle de la mer ; des jeunes avec des piercings remplacent les vieux pêcheurs à la peau tannée. Et la vie continue, malgré tout.

Une vieille dame qui sentait mauvais est passée près de moi ; elle était habillée en rouge et tenait dans ses bras un chat roux maigre et borgne. Elle chantait une cantilène en sicilien :

En me promenant rue Etna,
que de luxe,
que de vacarme !
Je vois tant de jeunes
devant les cafés qui se pavanent.
Comme c'est beau Catane le soir,
sous les rayons de la lune...
La montagne rouge de feu
rend ardents les amoureux.

Elle déambulait comme un fantôme, lentement, l'air hagard. Elle a effleuré la manche de mon manteau et un frisson étrange m'a parcourue. J'ai croisé son regard pendant une seconde. Ça a été tellement intense et expressif que j'ai eu peur, une vraie angoisse, complètement folle. Son regard me disait : « Là dedans tu vas trouver la mort. Tu ne pourras plus retrouver ton cœur, petite, tu vas mourir, et on jettera de la terre sur ta tombe. Pas de fleur, pas une seule. »

J'ai eu la chair de poule, cette sorcière m'avait envoûtée. Je ne l'ai pas écoutée, j'ai souri aux deux garçons beaux et dangereux qui venaient vers moi.

Pino se tenait difficilement debout, il n'a rien dit et même Roberto et moi on n'a pas beaucoup parlé, comme toujours.

Roberto a sorti un gros trousseau de clés de la poche de son pantalon et a ouvert la porte. Elle a grincé, puis s'est refermée bruyamment derrière nous.

Moi je me taisais, je n'avais rien à dire, je savais très bien ce qu'on s'apprêtait à faire. On a monté les marches usées par les années, les murs de l'immeuble étaient tellement décrépis qu'un instant j'ai eu peur qu'ils s'écroulent d'un coup et nous tuent. On s'est arrêté devant une porte, j'entendais de la musique à l'intérieur.

— Il y a quelqu'un ? j'ai demandé.

— Non, on a oublié d'éteindre la radio avant de partir.

Pino est tout de suite allé en direction des toilettes, en laissant la porte ouverte ; je le voyais pisser, il tenait dans sa main son membre ratatiné et tout mou. Roberto est entré dans la pièce à côté pour baisser la volume et je suis restée dans le couloir à regarder de loin les pièces.

L'ange présomptueux est revenu en souriant. Il m'a embrassée sur la bouche et m'a indiqué une chambre :

— Attends-nous dans l'alcôve des désirs, on arrive tout de suite.

— Ah, ah, l'alcôve des désirs... quel nom bizarre pour parler d'une chambre où l'on baise ! j'ai dit en riant.

Je suis entrée dans la chambre, plutôt petite. Sur les murs il y avait des centaines de photos de mannequins nus, de pages de magazines pornos, des positions du kama-sutra. Et bien sûr, au plafond, le drapeau rouge avec le visage du Che. Où suis-je tombée ? C'est une sorte de temple du sexe... à qui appartient cette maison ? j'ai pensé.

Roberto est arrivé avec un tissu noir dans la main. Il m'a bandé les yeux, m'a regardée et s'est exclamé :

— On dirait la déesse de la Fortune !

J'ai entendu le clic de l'interrupteur et puis je n'ai plus rien distingué. J'ai deviné des pas, des murmures et puis deux mains m'ont enlevé mon jean, mon pull et mon soutien-gorge. Je suis restée en string, bas et bottes à talons aiguilles. Je m'imaginais les yeux bandés et nue, je ne voyais que mes lèvres rouges qui, sous peu, allaient goûter quelque chose d'eux.

Tout à coup, les mains sont devenues plus nombreuses, il y en avait quatre. C'était facile de les différencier : les deux du dessus me palpaient la poitrine et les deux du dessous me caressaient le sexe à travers le string et les fesses. Je ne sentais pas l'haleine d'alcool de Pino, peut-être qu'il s'était lavé les dents. Alors que je m'imaginais toujours plus à la merci de leurs mains, et que je commençais à m'exciter, j'ai senti, dans mon dos, le contact d'un objet glacé. Un verre. Les mains continuaient de me toucher, mais le verre appuyait de plus en plus fort sur ma peau. J'ai demandé effrayée :

— Putain, c'est qui ?

Un ricanement et puis une voix inconnue :

— Ton barman, ma chérie. T'inquiète pas, je t'ai juste apporté un drink.

Il a approché le verre de mes lèvres et j'ai bu une gorgée de crème de whisky. J'ai léché mes lèvres et une autre bouche m'a embrassée avec ferveur pendant que les mains continuaient à me caresser et que le barman me faisait boire. Un quatrième homme m'embrassait.

— Quel cul tu as..., disait la voix inconnue, il est doux et ferme. Je peux le mordre ?

J'ai souri à cause de la question.

— Fais-le et c'est tout, j'ai répondu, me demande pas ! Mais je veux savoir : vous êtes combien ?

— Reste tranquille trésor, a dit une autre voix derrière moi.

Et j'ai senti une langue lécher mon dos.

Maintenant l'image que j'avais de moi était plus séduisante : les yeux bandés, à moitié nue, cinq hommes qui lèchent, caressent et convoitent mon corps. J'étais devenue le centre de leur attention, ils faisaient de moi ce qu'on a le droit de faire dans l'alcôve des désirs. Je n'entendais pas un bruit. Que des soupirs et des caresses.

J'ai senti un doigt s'introduire dans mon Secret et une chaleur m'a envahie. J'ai compris que la raison me quittait. Je me suis abandonnée entre leurs mains. J'étais curieuse de savoir qui ils étaient et comment ils étaient. Et si mon plaisir venait d'un homme laid et baveux ? À ce moment-là, je m'en fichais. À présent, j'ai honte, cher journal, mais je sais que regretter les choses après les avoir accomplies ne sert à rien.

— Bien, a dit finalement Roberto, il manque le dernier élément.

— Quoi ? j'ai demandé.

— Ne t'inquiète pas. Tu peux enlever le bandeau, on va faire un autre jeu.

J'ai hésité avant d'enlever le bandeau, je l'ai défait tout doucement et j'ai vu que dans la chambre il n'y avait que Roberto et moi.

— Mais ils sont où ?

— Ils nous attendent dans l'autre pièce.

— Qui s'appelle... ?

— Le fumoir. On se roule un joint.

Je voulais m'en aller à tout prix, les laisser là. Cette interruption m'a refroidie et la réalité m'est apparue dans toute sa dureté. Mais je ne pouvais pas. J'avais commencé, et je devais finir. Je l'ai fait pour eux.

Dans la pièce, éclairée seulement par trois bougies, j'ai distingué des silhouettes. Le peu que j'ai vu des garçons était pas mal et ça m'a consolée.

Il y avait une table ronde et des chaises autour. L'ange présomptueux s'est assis.

— Tu fumes toi aussi ? m'a demandé Pino.

— Non merci, jamais.

— Ah non... à partir de ce soir, toi aussi tu fumeras ! a dit le barman, je découvrais son beau corps élancé, il avait la peau mate et les cheveux crépus, jusqu'aux épaules.

— Non, désolée de te décevoir. Quand je dis non, c'est non. Je n'ai jamais fumé et je ne fumerai jamais. Je trouve ça inutile, je vous laisse le faire.

— Mais tu ne nous enlèveras pas une belle vue, assieds-toi ici ! a dit Roberto en tapant sur la table.

Je me suis assise sur la table, les jambes écartées, le sexe à la vue de tous. Roberto a approché sa chaise, et a approché la bougie de mon pubis pour l'éclairer. Il roulait en regardant. D'abord l'herbe, puis mon Secret. Ses yeux brillaient.

— Touche-toi ! il m'a ordonné.

Alors j'ai fourré doucement un doigt dans

ma blessure et il a cessé de rouler pour se consacrer à la vue de mon sexe.

Par derrière quelqu'un m'a embrassé les épaules, et s'est collé à mon corps en essayant avec son pieu d'entrer en moi. J'étais désarmée. Les yeux baissés et éteints. Vides. Je n'ai pas voulu regarder.

— Non... on en avait parlé... Personne ne la pénétrera ce soir, a dit Pino.

Le barman est allé dans l'autre pièce et a rapporté le bandeau noir. Ils m'ont bandée de nouveau et une main m'a obligée à m'agenouiller. Roberto a dit :

— Maintenant Melissa, on va se passer le joint, chaque fois que l'un d'entre nous l'aura, il claquera des doigts et te touchera la tête, comme ça tu sauras où aller. Tu t'approcheras comme on te dira, et tu le prendras dans ta bouche jusqu'à le faire jouir. Cinq fois, Melissa, cinq. À partir de maintenant, on ne parlera plus. Au travail !

Et dans ma bouche se sont rencontrés cinq goûts différents, cinq goûts de cinq hommes. Chaque goût son histoire ; chaque potion, ma honte. Pendant ces moments, j'ai eu la sensation et l'illusion que le plaisir n'était pas que charnel, qu'il était aussi beauté, joie, liberté. Et nue au milieu d'eux, j'ai eu l'impression d'appartenir à un autre monde, inconnu. Mais plus tard, quand j'ai passé la porte, je sentais mon cœur détruit et une honte indicible.

Après, je me suis abandonnée sur le lit et j'ai senti mon corps s'engourdir. Sur le bureau, l'écran de mon portable s'allumait ; à la maison, ils étaient en train de m'appeler, il était déjà deux heures et demie du matin. Entre-temps, quelqu'un est entré, s'est allongé sur moi et m'a baisée ; un autre a suivi et a pointé son pénis vers ma bouche. Quand l'un avait fini, l'autre vidait sur moi son liquide blanchâtre. Et ainsi de suite. Respirations, gémissements, grognements. Et larmes silencieuses.

Je suis rentrée à la maison pleine de sperme, mon maquillage dégoulinait. Ma mère m'attendait endormie sur le canapé.

— Je suis là, j'ai dit. Je suis rentrée.

Elle était trop ensommeillée pour me reprocher l'heure de mon retour, elle a fait un signe de la tête et a regagné sa chambre.

Dans la salle de bains, je me suis regardée dans la glace et je n'ai pas reconnu celle qui il y a quelques temps s'admirait : les yeux étaient tristes, le crayon noir qui coulait sur les joues les rendait encore plus pitoyables, une bouche plusieurs fois violée ce soir qui a perdu sa fraîcheur. Je me sentais envahie, salie par des corps étrangers.

Alors je me suis donné cent coups de

brosse. Comme les princesses, dit toujours ma mère ; avec le vagin qui encore maintenant, alors que je t'écris au cœur de la nuit, exhale l'odeur de tous ces sexes.

4 décembre 2001
12 h 45

— Tu t'es bien amusée hier soir ? m'a demandé ma mère en bâillant, en même temps que sifflait la cafetière.

J'ai haussé les épaules et j'ai répondu que j'avais passé une soirée comme les autres.

— Tes vêtements avaient une odeur bizarre, elle a dit avec ses yeux de celle qui veut tout savoir, surtout quand il s'agit de moi.

Je me suis retournée effrayée, j'ai pensé qu'elle avait peut-être senti l'odeur de sperme.

— De quoi ? j'ai demandé en faisant semblant d'être très calme.

— De joint... je n'en sais rien... de marijuana, elle a dit le visage dégoûté.

Soulagée, je me suis exclamée :

— Ben... tu sais, dans le bar d'hier il y avait des gens qui fumaient. J'allais pas leur demander d'arrêter.

Elle m'a lancé un regard torve.

— Si tu rentres à la maison droguée, je t'interdis de sortir même pour aller au lycée.

— Chouette, je vais essayer de me trouver un dealer de confiance... Merci tu m'as donné un super prétexte pour ne plus aller à ces putains de cours !

... Comme si ce que je faisais de mal n'était que le hachisch. J'en fumerais des kilos juste pour ne plus sentir cette étrange sensation de vide. De rien.

C'était comme si j'étais en l'air et que je regardais d'en haut ce que j'avais fait hier. Non, ce n'était pas moi hier. C'était celle qui ne s'aime pas qui s'était laissé caresser par des mains avides et inconnues ; c'était celle qui ne s'aime pas qui avait reçu le sperme de cinq hommes différents et qui avait été contaminée dans son âme, là où la douleur n'existait pas encore avant.

Celle qui s'aime, c'est moi ; je suis celle qui cette nuit a brossé cent fois ses cheveux pour les faire briller à nouveau, celle qui a retrouvé la fraîcheur douce de ses lèvres. Et qui s'est embrassée, partageant avec elle-même l'amour qu'hier on lui a refusé.

20 décembre 2001

C'est le temps des cadeaux et des sourires hypocrites, de la bonne conscience passagère qui nous fait donner des pièces aux gitans et à leurs enfants. Je n'aime pas acheter des cadeaux pour les autres, j'en achète seulement pour moi ; peut-être parce que je n'ai personne à qui en offrir. Cet après-midi, je suis allée faire un tour avec Ernesto, un mec que j'ai connu sur le *chat*. Il avait l'air sympa, on a échangé nos numéros et on se voit comme de bons amis. Même si lui est plutôt distant, toujours très occupé par la fac et par ses amitiés mystérieuses.

On sort souvent ensemble pour s'acheter des trucs et ça ne me gêne pas d'entrer avec lui dans des magasins de lingerie, au contraire lui aussi en achète.

— C'est pour ma nouvelle copine, il dit toujours.

Mais il ne m'en a jamais présenté une seule.

Il a l'air d'être complice avec les vendeuses, ils se tutoient et ricanent souvent ensemble. Moi je fouille dans les rayons à la recherche des sous-vêtements que je mettrai pour celui qui saura m'aimer. Ceux-là, je les garde bien rangés dans le premier tiroir de ma commode.

Le deuxième tiroir est réservé aux sous-vêtements que je porte pour mes rencontres avec Roberto et ses amis : des bas usés par leurs ongles, des culottes en dentelle déchirées par leurs mains impatientes. De toute façon, ils n'y font pas attention, ils veulent juste que je sois chienne.

Au début, j'achetais toujours des sous-vêtements en dentelle blanche, en faisant attention à avoir des ensembles. Un jour, Ernesto m'a dit :

— Le noir t'irait mieux, ça va mieux avec la couleur de ton visage et de ta peau.

J'ai suivi son conseil, et depuis je n'achète que de la dentelle noire.

Je l'observe, il adore les tangas colorés genre danseuse brésilienne : rose pétant, vert, bleu électrique, et quand il veut rester sérieux il prend du rouge.

— C'est sûr qu'elles sont bizarres tes copines, je lui dis.

Il ricane.

— Pas autant que toi, il rétorque.

Et mon ego se regonfle.

Les soutiens-gorge qu'il prend sont tous rembourrés, il ne les coordonne jamais avec les culottes, il préfère associer des couleurs trop invraisemblables. Et puis les bas : pour moi, toujours fins, noirs avec un volant en dentelle. Ceux qu'il achète sont des résilles, trop différents de mes goûts.

Quand une fille lui plaît plus que les autres, Ernesto plonge dans la foule d'un grand magasin et lui achète des habits scintillants avec des paillettes multicolores, des décolletés vertigineux et des fentes audacieuses.

— Tu la payes combien à l'heure la fille ? je plaisante.

Il devient sérieux et ne me répond pas. Moi je me sens coupable et j'arrête de faire la crétine.

Aujourd'hui, on se promenait quand la pluie nous a surpris.

— Viens, on va sous les arcades ! il m'a crié en me prenant la main.

— Ernesto, y'a pas d'arcades dans cette rue !

— Alors on va chez moi !

Je ne voulais pas y aller, je savais qu'un de ses colocs était un ami de Roberto. Je n'avais pas envie de le voir, ni qu'Ernesto découvre mes activités secrètes.

Sa maison se trouvait tout près de là où on était, on a couru main dans la main. C'était chouette de courir comme ça sans avoir à penser que je devrais m'allonger dans son lit et faire ce qu'il voulait. J'aimerais bien, pour une fois, être celle qui décide : quand et où le faire, pendant combien de temps, avec quel désir...

— Il y a quelqu'un chez toi ? je lui ai demandé en montant les marches.

— Non, ils sont tous rentrés chez eux pour les vacances sauf Gianmaria. Mais là il est sorti.

Rassurée, je l'ai suivi.

Sa maison est à moitié vide et la présence

de quatre hommes est visible : ça pue (l'odeur oppressante du sperme) et le désordre remplit les pièces.

On a jeté nos sacs et nos manteaux trempés.

— Tu veux un petit pull ? Le temps que tes vêtements sèchent.

— Non, ça va, merci, j'ai répondu.

Dans sa chambre, il a ouvert son armoire avec une certaine crainte et avant que la porte ne soit complètement ouverte, il m'a demandé d'aller à côté chercher nos paquets.

Quand je suis revenue, il l'a fermée très vite et je me suis exclamée :

— Qu'est-ce que tu gardes là-dedans ? Tes femmes mortes ?

— Plus ou moins, il a dit en souriant.

Ça m'a étonnée la façon dont il m'a répondu, et pour éviter que je pose d'autres questions, il m'a pris les sacs des mains.

— Allez, montre-moi ! Qu'est-ce que tu t'es acheté petite ?

Il a ouvert des deux mains le sac et a plongé la tête dedans comme un enfant. Ses yeux brillaient et du bout des doigts, il a sorti une culotte noire.

— Hé hé... et qu'est-ce que tu fais avec ça, hein ? Pour qui tu la mets ? Je pense pas que tu la mettes pour aller au lycée...

— On a des secrets, tous les deux..., j'ai répondu ironique, consciente de l'intriguer.

Il m'a regardée étonné. Il a penché un peu la tête à gauche et m'a dit doucement.

— Ah bon... ? Et dis-moi, quel secret tu as toi ?

J'en avais assez de me taire, alors je lui ai tout dit. Son visage ne changeait pas d'expression.

— Tu ne dis rien ? j'ai demandé gênée.

— Ce sont tes choix, petite. Je peux seulement te dire d'y aller doucement.

— Trop tard, j'ai dit sur un ton de fausse résignation.

Pour cacher mon embarras, j'ai ri un peu fort.

— Bon, ben... maintenant, c'est à toi, j'ai dit.

Il est devenu tout pâle, ses yeux roulaient dans tous les sens. Il s'est levé du canapé et s'est dirigé à grands pas vers l'armoire. Il a ouvert brusquement un battant et a pointé du doigt les vêtements :

— C'est les miens !

Je reconnaissais les habits, on les avait achetés ensemble ; ils paraissaient tous froissés et usés.

— Qu'est-ce que ça signifie, Ernesto ?

Il a ralenti ses mouvements, détendu ses muscles. Il a baissé les yeux.

— Ces vêtements, je les achète pour moi. Je les porte... c'est pour mon travail.

Je n'ai fait aucun commentaire. En réalité, je ne pensais à rien. Et puis, plein de questions dans ma tête : ton travail ? Où ça ton travail ? Pourquoi ton travail ?

Il a parlé tout seul, sans que je lui demande rien.

— J'aime bien me déguiser en fille. J'ai commencé il y a quelques années. Je m'enferme dans ma chambre, je pose une webcam sur la table et je m'habille. J'aime bien, je me sens bien. Je me regarde sur l'écran et puis... ben... je m'excite. Et parfois je me laisse voir par quelqu'un qui me le demande.

Il était tout rouge.

Silence alentour. Uniquement le bruit de la pluie qui semblait nous encercler.

— Tu te prostitues... ?

Il a hoché la tête et enfoui son visage dans ses mains.

— Meli, crois-moi, je fais que des services de bouche, rien de plus. Y'en a qui me demandent aussi de... des connards quoi, mais je te jure, je ne le fais jamais... C'est pour payer mes études, tu le sais que mes parents ne peuvent pas m'aider...

Il essayait de continuer, de trouver d'autres justifications.

De toute façon, je sentais que ça lui plaisait.

— Je ne te blâme pas, Ernesto. Tu vois, chacun choisit sa vie, tu l'as dit toi-même tout à l'heure. Parfois même les mauvaises routes peuvent être justes. Et vice versa. L'important, c'est de suivre ses idées et ses rêves ; c'est seulement en faisant cela qu'on pourra dire si l'on a bien choisi. Je veux savoir pourquoi tu le fais... Vraiment.

J'ai été hypocrite, je le sais.

Il m'a regardée les yeux pleins de tendresse et puis il a demandé :

— Et toi, pourquoi tu le fais ?

Je n'ai pas répondu, mais mon silence voulait tout dire. Ma conscience criait si fort que, pour la maîtriser, j'ai dit très spontanément, sans avoir honte :

— Pourquoi tu ne te travestis pas pour moi ?

— Pourquoi me demandes-tu ça, maintenant ?

Je ne le savais pas moi-même.

— Parce que c'est beau de voir deux identités dans un seul corps : homme et femme dans la même peau. Un secret aussi : ça m'excite, même beaucoup. Et puis, excuse-moi... c'est une chose qui nous plaît à tous les deux, personne ne nous oblige. Un plaisir n'est jamais une erreur, non ?

Je voyais son truc tout dur sous son pantalon qu'il essayait de cacher.

— D'accord.

Il a pris dans l'armoire un T-shirt, il me l'a lancé.

— Tiens, j'avais oublié de t'en passer un. Mets-le !

— Mais je vais devoir me déshabiller, j'ai dit.

— T'as honte ?

— Non, tu parles !

Je me suis déshabillée, son excitation augmentait. J'ai enfilé le grand T-shirt rose : dessus il y avait écrit *Bye bye Baby*, et Marilyn faisait un clin d'œil ; elle observait la transformation de mon ami comme une sorte de rite sublime et extatique. Il s'était mis de dos pour s'habiller, j'ai juste aperçu le fil de son string qui divisait ses fesses musclées. Il s'est retourné : minijupe noire, bas résille, bottes hautes, soutien-gorge rembourré et top doré. Voilà comment j'ai découvert mon ami toujours habillé en Levi's et en Lacoste. Mon excitation ne se voyait pas, mais elle était là.

Son truc dépassait sans complexe de son string trop petit. Il l'a pris dans sa main et a commencé son affaire.

Je me suis allongée sur le canapé comme au spectacle et j'ai regardé attentivement. J'avais envie de me toucher, et même de posséder son corps. La froideur, presque masculine, avec laquelle je l'observais se masturber m'a étonnée.

De petites gouttes de sueur perlaient sur son visage bouleversé ; et mon plaisir arrivait sans pénétration, sans caresse, juste par l'esprit. Par moi.

Le sien est arrivé fort et sûr, je l'ai vu jaillir et j'ai entendu son râle se bloquer quand il a ouvert les yeux.

Il s'est allongé avec moi sur le canapé, et nous nous sommes endormis, enlacés ; Marilyn frottait son œil contre la perle dorée du top d'Ernesto.

3 janvier 2002
2 h 30 du matin

De nouveau dans la maison-temple avec les mêmes personnes. Cette fois nouveau jeu : j'étais la terre et eux les vers qui la creusaient. Cinq vers différents ont creusé des sillons sur mon corps et la terre, une fois rentrée à la maison, était prête à s'effondrer. Une chemise de nuit de ma grand-mère était suspendue dans mon armoire. Je l'ai enfilée, j'ai respiré le parfum de l'adoucissant, d'un temps qui n'existe plus ; tout se mélangeait avec ce présent absurde. J'ai lâché mes cheveux sur mes épaules protégées par ce passé rassurant. Je suis allée me coucher avec un sourire qui s'est vite transformé en pleurs. Des pleurs calmes.

9 janvier 2002

Chez Ernesto, on s'est pas trop dit de secrets. Je lui ai avoué que ce qui était arrivé m'avait donné envie de voir deux hommes l'un dans l'autre. Je voulais regarder deux hommes baiser, oui. Les voir baiser comme ils m'ont baisée moi, avec la même violence, la même brutalité.

Je n'arrive pas à m'arrêter, j'avance tellement vite comme un bout de bois qui se laisse transporter par le courant d'un fleuve. J'apprends à dire non aux autres et à me dire oui en délivrant mon intimité la plus profonde sans faire attention au monde extérieur. J'apprends.

— Tu es une découverte permanente, Melissa. Comment dire... une mine de fantaisie et d'imagination !

— Je te jure, Ernesto. Je suis même prête à payer.

Silence.

— Alors ? j'ai demandé impatiente.

— Quoi ?

— Toi qui es... euh... du milieu. Tu connais pas quelqu'un qui serait prêt à le faire ?

— Allez, qu'est-ce que tu racontes ! Tu peux pas être une bonne petite fille et vivre des histoire normales ?

— À part bonne petite fille, ce qui ne me

correspond pas trop, qu'est-ce que tu veux dire par histoires normales ?

— Des histoires de fille de seize ans, Meli. Un peu d'amour, un peu de sexe, équilibré, comme il faut.

— Mais pour moi c'est ça la vraie perversion ! Alors... une vie plate : le samedi soir on sort, le dimanche petit déj au bord de la mer, du sexe seulement le week-end, on est complice avec les parents, etc. Je préfère rester toute seule !

Silence.

— Et puis je suis faite comme ça, je ne veux changer pour personne. Tu vois bien comment je suis ! j'ai crié pour l'embêter.

Il a ri et m'a caressé la tête.

— Je t'aime bien, petite. Je ne voudrais pas qu'il t'arrive du mal.

— Ça m'arrivera si je ne fais pas ce que je veux. Et moi aussi je t'aime bien.

Il m'a parlé de deux mecs, étudiants en dernière année de droit. Je les rencontrerai demain ; après les cours ils viendront me chercher à Villa Bellini devant la fontaine où nagent les cygnes. J'appellerai ma mère pour lui dire que je serai occupée tout l'après-midi pour mes répétitions de théâtre.

10 janvier 2002
15 h 45

— Vous les femmes, vous êtes vraiment bêtes ! Regarder deux hommes baiser... n'importe quoi ! disait Germano en conduisant.

De grands yeux noirs, un visage bien proportionné, des cheveux noirs bouclés, sans sa peau claire il aurait pu être un Africain puissant et superbe. Il conduisait la voiture, assis comme le Roi de la forêt, grand et majestueux, ses doigts fins posés sur le volant (il portait une bague en argent avec des signes tribaux gravés dessus).

Derrière, avec sa petite voix gentille et sa bouche fine, l'autre garçon répondait à ma place :

— Laisse-la tranquille, tu vois pas qu'elle est nouvelle ? Elle est encore petite... regarde son joli visage, si tendre. Tu es sûre, petite, de vouloir voir ça ?

J'ai dit oui de la tête.

De ce que j'ai compris, les deux ont accepté cette rencontre parce qu'ils devaient quelque chose à Ernesto, même si je n'ai pas vraiment compris quoi. Le fait est que cette situation semblait irriter Germano et, s'il avait pu, il m'aurait laissée sur le bord de la route. Pourtant, un enthousiasme étrange brillait dans ses yeux, c'était une sensation légère que j'arrivais à saisir par intermittence. Pendant le voyage, le silence nous tenait compagnie. On a pris des routes de campagne pour aller dans la maison de Gianmaria, le seul endroit où personne ne nous dérangerait.

Il s'agissait d'une vieille ferme en pierre entourée d'oliviers et de sapins ; au loin des champs de vignes, mortes en cette saison. Le vent soufflait fort, et quand Gianmaria est descendu pour ouvrir le portail, plein de feuilles sont entrées dans la voiture et se sont accrochées à mes cheveux. Le froid était piquant, l'odeur typique de la terre mouillée et des feuilles en décomposition. J'avais mis mes bottes à talons ; je me tenais bien droite, mon sac à la main, blottie dans mes propres bras à cause du froid. La pointe de mon nez était gelée, mes joues anesthésiées. On est passé par la porte principale sur laquelle les enfants gravent leurs prénoms, pour laisser une trace de leur passage dans le temps. Il y avait aussi ceux de Germano et de Gianmaria...

Je dois y aller cher journal, ma mère a ouvert la porte et me dit de l'accompagner pour voir ma tante (elle est à l'hôpital, elle s'est cassé la hanche).

11 janvier 2002

Un rêve que j'ai fait cette nuit.

Je descends de l'avion, le ciel de Milan me montre un visage hostile. Le vent glacial et capricieux décoiffe et emmêle mes cheveux alors que je sors de chez le coiffeur ; la lumière grisâtre donne à mon visage une couleur terne et mes yeux ont l'air vide, cernés de points phosphorescents qui me rendent encore plus étrange. Mes mains sont froides et blanches, comme mortes.

J'arrive dans l'aéroport, je me regarde dans le reflet d'une vitre : je remarque mon visage maigre et pâle, mes longs cheveux horribles et décoiffés, mes lèvres sont serrées, comme fermées hermétiquement. Je sens une excitation étrange, sans raison.

Et puis je me revois exactement comme le miroir me représente, mais ailleurs. Au lieu d'être dans l'aéroport, habillée avec mes fringues de marque, je suis dans une cellule tellement sombre et puante que je ne distingue même plus mes habits. Je pleure, je suis seule. Dehors, il doit faire nuit. Au fond du couloir, j'aperçois une lumière intense mais vacillante. Aucun bruit. La lumière dans le couloir avance. Elle est de plus en plus proche et me fait peur parce que je n'entends aucun pas. L'homme qui arrive marche avec beaucoup de précaution ; il est grand et puissant.

Il pose ses mains sur les barreaux, et moi j'essuie mes larmes en m'avançant vers lui ; la lumière de la torche illumine son visage, et lui donne un air diabolique, mais je ne distingue pas le reste de son corps. Ses yeux sont immenses et avides, d'une couleur indéfinissable et ses lèvres entrouvertes laissent apparaître une rangée de dents blanches. Il porte un doigt à sa bouche pour me dire de ne pas parler. J'observe un moment son visage de près et je me rends compte qu'il est séduisant, mystérieux et très beau. Je sursaute quand il pose ses doigts sur mes lèvres pour en suivre le contour. Il le fait doucement, mes lèvres sont à présent humides ; presque spontanément, je m'approche un peu plus et j'appuie mon visage contre les barreaux. Maintenant, ses yeux brillent mais il est parfaitement calme, comme hors du temps : ses doigts entrent dans ma bouche et ma salive les fait glisser.

Puis il les retire. De l'autre main il déchire le haut de mes vêtements usés, dévoilant mes seins ronds. Les tétons sont durs et pointus à cause du froid qui entre par la petite fenêtre et se durcissent encore au contact de ses doigts mouillés. Il pose ses lèvres sur mes seins, les respire, les embrasse. Je penche la tête en arrière de plaisir, mais mon torse ne bouge pas, il ne cède qu'à ses envies. Il s'arrête, me regarde et sourit. Il fouille dans ses poches, j'aperçois ses vêtements. C'est un homme d'Église.

Tintement de clés, bruit d'une porte qui se ferme. Il est dans la cellule. Avec moi. Il déchire mes vêtements jusqu'aux pieds, découvre mon ventre puis mon Secret en chaleur. Lentement, il m'allonge par terre. Il approche sa tête et sa langue pénètre entre mes cuisses. Je n'ai plus froid, j'ai envie de me sentir à travers lui. Je l'attire à moi et je sens mon odeur sur lui. Je fouille sous sa robe et je sens son membre en érection dans ma main... Son pénis veut sortir et je l'aide en soulevant son manteau noir.

Il entre en moi, nos liquides se rencontrent, il glisse merveilleusement comme un couteau dans du beurre mou, sans me faire mal. Il se retire et s'assoit dans un coin. Je le laisse attendre. Au bout d'un moment, je me rapproche de lui. Il replonge dans mon Secret ruisselant. Quelques coups durs et rapides suffisent à déclencher un plaisir infini. Nous sommes à l'unisson. Il se rhabille, m'abandonne, et je pleure encore plus qu'avant.

J'ouvre les yeux, je suis de nouveau à l'aéroport, je regarde mon visage.

Un rêve à l'intérieur d'un rêve. Un rêve qui se fait l'écho de ce qui est arrivé hier. Les yeux étaient les mêmes que ceux de Germano. Le feu dans la cheminée les illuminait, les faisait briller. Gianmaria est revenu avec deux grosses bûches et des branches. Il les a disposées dans la cheminée ; le feu a rendu l'atmosphère plus accueillante. Une chaleur nouvelle et rassurante m'envahissait.

Ce que je regardais ne provoquait en moi aucune sensation de dégoût ni de honte. Au contraire. C'était comme si mes yeux étaient habitués à certaines scènes, et la flamme, qui ces derniers temps brillait sous ma peau, s'est envolée pour se poser sur le visage des deux garçons. Ils s'emboîtaient l'un dans l'autre : moi j'étais dans un fauteuil près de la cheminée, eux sur le canapé en face. Ils se regardaient et se touchaient avec amour. Chacun de leurs gémissements était comme un je t'aime, et chaque coup, qui pour moi était douloureux, était pour eux une caresse innocente. Je voulais faire partie de cette intimité incomprise, de leur tendre refuge amoureux, mais je n'ai rien demandé, j'ai seulement regardé, comme le voulait le pacte. Mon corps était nu et innocent, mes pensées aussi. Et puis Germano m'a regardée d'un air heureux. Il s'est dégagé de Gianmaria et, à mon grand étonnement, il s'est agenouillé devant moi et a écarté tout doucement mes cuisses. Il a attendu un geste de moi pour plonger dans mon univers. Il y est arrivé un peu, et puis il est redevenu lui-même, le Roi africain dur et implacable. Il a pris ma place, et en me tenant par les cheveux m'a approchée de son membre. C'est à ce moment-là que j'ai vu ses yeux. C'est à ce moment-là que j'ai compris que sa flamme était la même que la mienne. Nos flammes étaient semblables. Elles se sont rencontrées, combattues puis mêlées.

Ensuite, ils se sont endormis enlacés sur le canapé mais, j'ai continué à les regarder, leur peau rendue incandescente par les flammes de la cheminée. Toute seule.

24 janvier 2002

L'hiver me rend lourde, dans tous les sens du terme. Les journées sont toutes pareilles, toutes monotones, je ne les supporte plus. Réveil trop tôt, lycée, disputes avec les profs, retour à la maison, devoirs, une émission débile à la télé, un livre si j'arrive à lire et puis dormir. Jour après jour, tout se passe comme ça, mis à part les coups de téléphone de l'ange présomptueux et de ses diables. Dans ce cas, je m'habille le mieux possible : je quitte ma tenue de lycéenne sage et enfile celle de la femme qui rend les hommes fous. Je les remercie parce qu'ils me donnent la possibilité de me détacher de la grisaille et d'être quelqu'un d'autre.

Quand je reste à la maison, je vais sur Internet. Je surfe, j'explore. Je cherche tout ce qui m'excite et me fait du mal en même temps. Je cherche l'excitation qui naît de l'humiliation. Je cherche l'anéantissement. Je cherche les individus les plus bizarres, ceux qui m'envoient des photos sado-maso, ceux qui me traitent comme une vraie pute. Ceux qui veulent se vider. Rage, sperme, angoisses, peur. Je ne suis pas différente d'eux. Mes yeux deviennent comme malades, mon cœur bat comme un fou. Je crois (ou j'ai l'illusion ?) que je trouverai dans les méandres du net quelqu'un prêt à m'aimer. Qui que ce soit : homme, femme, vieux, jeune, marié, célibataire, homo, transsexuel... Tous.

Hier soir je suis allée sur un site de lesbiennes. Essayer avec une femme. L'idée ne me dégoûte pas. Cela me gêne plus qu'autre chose. Ça me fait peur. Quelques-unes m'ont contactée mais je les ai éliminées tout de suite, sans même regarder les photos.

Ce matin, j'ai vu que j'avais reçu un mail : c'est une fille, de vingt ans. Elle dit qu'elle s'appelle Letizia, qu'elle habite à Catane, elle aussi. Il n'y a pas grand-chose dans son message, juste son nom, son âge et son téléphone.

1er février 2001
19 h 30

Au lycée, on m'a proposé un rôle pour le spectacle.

Enfin mes journées vont devenir amusantes. La représentation aura lieu dans un mois environ, dans un théâtre du centre-ville.

5 février 2002
22 heures

Je l'ai appelée, elle a la voix un peu trop aiguë. Elle parle de façon joyeuse et désinvolte, pas comme moi, qui suis grave et mélancolique. Au bout d'un moment je me suis lâchée, j'ai souri. Je n'avais aucune envie de la connaître, de connaître sa vie. J'étais juste curieuse de la voir physiquement. Alors je lui ai demandé :

— Excuse-moi Letizia... t'as pas une photo à m'envoyer par hasard ?

Elle a ri fort.

— Bien sûr ! Allume ton ordi, je te l'envoie tout de suite, comme ça tu me dis...

— Okay !

Belle, incroyablement belle. Et nue. Elle était sensuelle et attirante.

— C'est vraiment toi ? j'ai balbutié.

— Bien sûr ! T'y crois pas ?

— Si, si... Tu es... très belle..., j'ai dit, stupéfaite (et stupide !).

En fait, je n'aime pas les femmes... Je ne me retourne jamais sur une belle fille dans la rue ; les formes féminines ne m'excitent pas et je n'ai jamais pensé sérieusement à avoir un rapport avec une femme. Pourtant, Letizia a un visage d'ange, avec de belles lèvres charnues. Sous son ventre, un îlot bien taillé, parfumé et sensuel sur lequel je voudrais faire escale. Ses seins ressemblent à deux petites dunes avec, au sommet, deux grands cercles roses.

— Et toi, tu as une photo à m'envoyer ?

— Oui, attends deux minutes.

J'en ai choisi une au hasard, que j'ai dénichée dans un dossier de mon ordi.

— Tu ressembles à un ange, tu es délicieuse, a dit Letizia.

— Ah bon... mais je ne suis pas un ange..., j'ai répondu, aguicheuse.

— Melissa, je veux te rencontrer.

— Moi aussi, j'aimerais bien.

On a raccroché et elle m'a envoyé un texto : « Je te couvrirai le cou de baisers ardents pendant que ma main t'explorera. »

J'ai enlevé ma petite culotte, je me suis glissée sous les couvertures et j'ai mis fin à la douce torture que Letizia avait déclenchée sans le savoir.

7 février 2002

Aujourd'hui, chez Ernesto, j'ai revu Gianmaria. Il était tout content, il m'a serrée très fort dans ses bras. Il m'a dit que, grâce à moi, les choses avaient changé entre lui et Germano. Il ne m'a pas précisé quoi et je n'ai rien demandé. En tout cas, je ne comprends toujours pas pourquoi Germano s'est comporté comme ça l'autre soir ; évidemment j'en étais la cause. Mais de quoi ? Pourquoi ? Je suis juste restée moi-même.

8 février 2002
13 h 18

Toujours mes recherches sur Internet, elles ne s'arrêteront pas tant que je n'aurai pas trouvé ce que je veux. Cherche, Melissa, continue de chercher...

Sur un site de *chat*, j'ai cliqué sur « sexe pervers » avec comme surnom « whore ». J'ai choisi mes préférences, j'ai entré les données qui m'intéressaient. « the_carnage » m'a tout de suite contactée ; il a été direct et envahissant, je le voulais exactement comme ça.

Pour commencer il m'a écrit :

— Comment tu aimes qu'on te baise ?

— Avec brutalité, j'aime qu'on me traite comme un objet, j'ai répondu.

— Et tu veux que je te traite comme un objet.

— Je ne veux rien. Fais ce que tu as à faire.

— Tu es ma pute à moi, tu le sais ?

— C'est difficile pour moi d'être à quelqu'un, je ne m'appartiens même plus.

Il a commencé à m'expliquer où et comment il aurait mis sa bite, combien de temps il me la ferait sentir et comment j'aurais joui.

Je lisais tous ces messages qu'il m'envoyait de plus en plus vite. Mon ventre se débattait et à l'intérieur de moi, d'agréables pulsations de vie et de désir m'envahissaient si bien que je ne pouvais rien faire d'autre qu'y céder. Ces paroles ressemblaient au chant des sirènes auquel je m'exposais consentante malgré la douleur.

Juste après m'avoir précisé qu'il venait de jouir dans sa main, il m'a demandé mon âge.

— Seize ans.

Il a rempli la fenêtre de *smileys* étonnés.

— Putain ! Bravo !

— Pourquoi ?

— Tu es déjà tellement expérimentée...

— Oui.

— J'y crois pas.

— Qu'est-ce que tu veux que je te dise... ?

Et puis ça te sert à rien de le savoir, on se verra jamais. Tu n'es même pas de Catane.

— Comment ça ? ! Si, je suis de Catane.

Putain... ! Pas de bol ! Un mec de Catane !

— Et maintenant qu'est-ce que tu veux de moi ?

— Te baiser.

— Tu viens de le faire.

— Non. Vraiment. (Nouveau *smiley*.)

J'ai réfléchi un peu et puis j'ai tapé mon numéro de portable. Avant de l'envoyer j'ai eu un moment d'hésitation. Son « merci ! » m'a fait prendre conscience de la connerie que je venais de faire.

Je ne sais rien de lui, juste qu'il s'appelle Fabrizio et qu'il a trente-cinq ans. J'ai rendez-vous avec lui dans une demi-heure.

21 heures

Je sais très bien que parfois le diable se présente à toi sous une fausse apparence et qu'il révèle son identité après t'avoir conquise. D'abord, il te regarde avec ses yeux verts et brillants, après il te sourit poliment, t'embrasse dans le cou et puis il te dévore.

L'homme que j'ai retrouvé était élégant et pas spécialement beau ; grand, costaud, des cheveux grisonnants (peut-être qu'il a pas vraiment trente-cinq ans), les yeux verts et les dents grises.

Au premier abord, j'ai été séduite. Mais quand j'ai repensé à ce qu'il avait écrit sur le *chat*, j'ai tressailli. On a marché dans la rue le long des magasins chics ; il m'a parlé de lui, de son travail, de sa femme qu'il n'a jamais aimée mais qu'il a été forcé d'épouser avant la naissance de leur fille. Il avait une belle voix mais un rire débile qui m'agaçait.

Pendant qu'on marchait, il m'a attrapée par la taille et j'ai souri gentiment ; ça m'énervait qu'il prenne ses aises et puis j'étais inquiète de ce qui allait se passer.

J'aurais très bien pu m'en aller, reprendre mon scooter et rentrer à la maison ; j'aurais regardé ma mère préparer la tarte aux pommes, écouté ma sœur lire à voix haute, joué avec le chat... Je peux très bien savourer la normalité et bien la vivre, avoir les yeux qui s'allument parce que j'ai eu une bonne note, ou sourire timidement parce qu'on m'a fait un compliment ; pourtant rien ne m'étonne, tout est vide, vain, sans consistance, ni saveur.

Je l'ai suivi jusqu'à sa voiture, dans un garage. Le plafond était humide ; des boîtes et des ustensiles encombraient l'espace déjà très petit.

Fabrizio est entré en moi doucement, il s'est mis sur moi et heureusement je n'ai pas senti le poids de son corps. Il a voulu m'embrasser mais j'ai tourné la tête parce que je ne voulais pas. Personne ne m'embrasse depuis Daniel ; la chaleur de mes soupirs, je la réserve à mon reflet dans le miroir, la douceur de mes lèvres a été trop souvent en contact avec les membres insatiables des diables de l'ange présomptueux. J'ai tourné la tête pour éviter le contact de ses lèvres mais sans lui montrer mon dégoût. J'ai fait semblant de vouloir changer de position, et lui, comme un animal, a remplacé sa douceur qui m'avait étonnée par une bestialité crue ; il grognait et m'appelait à voix haute en pressant fort sur la peau de mes hanches.

— Je suis là, je disais.

La situation me paraissait ridicule. Je ne comprenais pas pourquoi il n'arrêtait pas de dire mon nom, mais ne pas répondre à ses appels me semblait embarrassant. Alors je le rassurais en répétant :

— Je suis là.

Et il se calmait un peu.

— Laisse-moi jouir en toi, je t'en supplie, laisse-moi en toi, il suppliait, bouleversé par le plaisir.

— Non.

Il est sorti d'un coup, en prononçant mon nom encore plus fort et l'a répété plusieurs fois, comme un écho. Et puis, toujours pas satisfait, il est revenu sur moi, est descendu : encore une fois il était en moi, sa langue pressée me léchait, sans respect.

Mon plaisir ne venait pas alors que le sien recommençait. Comme quelque chose d'inutile, qui ne me concernait pas.

— Tu as de belles lèvres, juteuses à souhait. Pourquoi tu ne te les épiles pas ? Tu serais plus belle.

Je n'ai pas répondu. Ce que je fais avec mes lèvres ne le regardait pas.

Le bruit d'une voiture nous a fait peur, on s'est rhabillé en vitesse (j'attendais ça avec impatience) ; on est sorti du garage. Il m'a caressé le visage en disant :

— La prochaine fois, petite, on sera plus confortable.

Je suis descendue de la voiture aux vitres embuées et dans la rue tout le monde a remarqué que je sortais décoiffée de la voiture d'un type aux cheveux grisonnants et à la cravate défaite.

11 février 2002

Au lycée, ça ne va pas très bien. Soit c'est moi qui suis paresseuse et bonne à rien, soit les profs sont trop schématiques et catégoriques...

Peut-être que j'ai une vision un peu trop idéaliste du lycée et de l'enseignement en général ; en tout cas la réalité me déçoit complètement. Je déteste les maths ! Le fait que ce soit une science exacte m'énerve. Et puis cette arriérée de prof qui n'arrête pas de me traiter d'ignorante sans rien m'expliquer ! Dans le journal, j'ai cherché des petites annonces proposant des cours particuliers et j'en ai trouvé plusieurs. Un seul prof était disponible. Un homme. À sa voix, il a l'air plutôt jeune, demain on se rencontre pour se mettre d'accord.

Je pense à Letizia du matin au soir, je ne sais pas ce qu'il m'arrive. Parfois j'ai l'impression d'être prête à tout !

22 h 40

Fabrizio m'a téléphoné, on a parlé longtemps. À la fin, il m'a demandé si je n'avais pas un endroit pour qu'on le fasse. J'ai répondu que non.

— Alors, c'est le moment de t'offrir un beau cadeau, il a dit.

12 février 2002

Il m'a ouvert la porte ; chemise blanche, boxer noir, petites lunettes et cheveux mouillés. Je me suis mordu les lèvres et j'ai dit bonjour. Il m'a répondu en souriant. Et quand il a ajouté « Je t'en prie, Melissa, fais comme chez toi », j'ai eu dans mon ventre la même sensation qu'étant petite, quand je mélangeais en une heure du lait, des oranges, du chocolat, du café et des fraises. Il a crié pour prévenir quelqu'un dans une autre pièce qu'il allait dans sa chambre avec moi. Il a ouvert la porte et, pour la première fois, je suis entrée dans une chambre normale : pas de photo porno, pas de trophée à la con, pas de désordre. Sur les murs, des posters de vieux groupes de *heavy metal*, des gravures impressionnistes. Et un parfum original et séduisant qui me faisait tourner la tête.

Il ne s'est pas excusé pour sa tenue et ça m'a amusée qu'il ne le fasse pas. Il m'a dit de m'asseoir sur le lit, il a pris la chaise du bureau et l'a approchée pour se mettre en face de moi. J'étais très embarrassée... merde quoi ! Je m'attendais à un petit prof sec, cheveux bien peignés, pull jaune canari. Et je me retrouve devant un jeune homme bronzé, parfumé et plein de charme. Je n'avais pas encore enlevé mon manteau qu'il m'a dit en riant :

— Tu sais, je ne te mangerai pas si tu l'enlèves.

Moi aussi, j'ai ri, déçue qu'il ne puisse pas me manger. Je n'avais pas encore vu ses chaussures : heureusement pas de chaussettes blanches, une cheville fine et un pied soigné et bronzé qui dessinait des cercles pendant qu'on discutait du tarif et des heures de cours.

— On doit reprendre à zéro, j'ai dit.

— Ne t'en fais pas, tu recommenceras par la table de deux.

J'étais assise au bord du lit, les jambes croisées et je me tenais les mains. Il m'a interrompue alors que je parlais de ma prof de maths :

— Tu as une très belle façon de t'asseoir.

Je me suis de nouveau mordu les lèvres et j'ai soupiré comme pour dire « Allez, qu'est-ce que tu racontes... ! ».

— Ah oui, j'oubliais. Je m'appelle Valerio, ne m'appelle jamais monsieur, je me sentirais vieux, il m'a dit en pointant son doigt d'un air faussement menaçant.

J'ai réfléchi un peu : après toutes ces vannes, il fallait bien que je dise quelque chose. J'ai toussoté.

— Et si je préférais t'appeler monsieur ? j'ai murmuré.

Cette fois, c'est lui qui s'est mordu les lèvres.

— Et pourquoi est-ce que tu voudrais le faire ?

J'ai haussé les épaules.

— Parce que c'est plus beau comme ça, n'est-ce pas, monsieur ?

— Appelle-moi comme tu veux, mais ne me regarde pas comme ça, il a conclu visiblement troublé.

Ça y est, je recommence, c'est toujours la même histoire. Qu'est-ce que je peux faire ? Je ne peux pas m'empêcher de provoquer dès que quelqu'un me plaît. Je l'atteins à chaque phrase, avec chaque silence, et ça me fait du bien. C'est un jeu.

18 février 2002
20 h 35

Ils dînent déjà, dans la cuisine. Je me suis cachée deux minutes pour écrire, parce que je veux vraiment comprendre ce qui m'est arrivé.

Aujourd'hui j'ai eu mon premier cours avec Valerio. Avec lui j'arrive à comprendre quelque chose, peut-être parce qu'il a des belles épaules ou des mains fines et élégantes qui accompagnent le mouvement du stylo. J'ai réussi à faire quelques exercices, mais avec difficultés. Il était très sérieux et professionnel, ce qui le rendait encore plus séduisant. Il m'a conquise. Il me regardait avec admiration tout en tâchant de conserver une distance entre nous, pour que ma malice n'interfère pas dans le travail.

J'avais mis une jupe moulante pour l'occasion, je voulais le séduire effrontément. Et puis, quand je me suis levée pour m'en aller, il a commencé à marcher très près de moi. Et moi, pour jouer, j'ai alterné les grands pas rapides et des pas lents, pour pouvoir le laisser s'approcher et m'éloigner juste après.

Pendant que j'attendais l'ascenseur, j'ai senti son souffle dans mon cou ; il m'a dit tout doucement :

— N'utilise pas ton téléphone demain entre 22 heures et 22 h 15.

19 février 2002
22 h 30

Deux nouvelles (comme toujours une bonne et une mauvaise).

Fabrizio a acheté un petit appartement dans le centre où nous pourrons nous voir sans que personne ne sache rien.

Au téléphone, il s'est exclamé tout content :

— J'ai installé un écran géant en face du lit, comme ça on pourra se voir des petits films, hein petite ? Ah, au fait, toi aussi tu as une clé. Je te fais un gros bisou sur ton visage tout mignon. Bye bye !

Il ne m'a pas laissé le temps de répondre, de lui faire part de mes doutes. Tout ça me paraît trop rapide. Moi, je voulais coucher avec lui une fois et puis au revoir. Je ne veux pas devenir la maîtresse d'un homme marié avec un enfant ! Je ne veux pas de lui, de son appartement, de son écran géant avec des films pornos, je ne veux pas qu'il achète mon insouciance comme il achète ses produits high-tech. J'ai suffisamment souffert avec Daniel et l'ange présomptueux ; maintenant que je recommence à vivre comme je veux, un gros ogre cravaté arrive et me dit qu'il veut s'engager sexuellement avec moi. Les punitions flottent au-dessus de nos têtes, les pointes aiguisées des épées sont prêtes à nous percer le crâne quand on s'y attend le moins. L'épée le transpercera lui aussi et c'est moi qui tiendrai le manche.

Maintenant la bonne nouvelle. Le coup de téléphone est arrivé et s'est terminé à l'heure dite.

J'étais nue, assise par terre. Ma peau au contact du marbre froid du carrelage. Le téléphone dans la main et sa voix tant attendue qui me traversait, fluide et sensuelle. Il m'a raconté un rêve. J'étais au lycée, à un de ses cours. À un moment donné je lui demandais si je pouvais aller aux toilettes et je lui glissais un petit papier où était écrit « Suis-moi ». Je l'attendais aux toilettes, il arrivait, déchirait mon chemisier et du bout des doigts recueillait les gouttes qui coulaient du lavabo. Il les posait sur ma poitrine et elles coulaient lentement. Il soulevait ma jupe plissée et entrait en moi, j'étais appuyée contre le mur et je recueillais son plaisir dans mon ventre. Les gouttes coulaient encore sur mon corps. On se rhabillait et on retournait en classe ; du premier rang je suivais les mouvements de la craie sur le tableau comme si c'était ses mouvements à l'intérieur de moi.

On s'est caressé au téléphone. Mon sexe était gonflé comme jamais et le Lait en crue coulait dans mon Secret, mes doigts étaient imprégnés de moi, et de lui aussi ; je le sentais quand même, je sentais sa chaleur, son parfum et j'imaginais sa saveur. À 22 h 15 il a dit :

— Bonne nuit Lolita.

— Bonne nuit, monsieur.

20 février 2002

Il y a des jours où je ne sais pas si je dois définitivement arrêter de respirer ou si je dois rester en apnée le temps qu'il me reste. Ce sont des jours où sous mes couvertures je ravale mes larmes, où je sens leur goût dans ma bouche. Je me réveille dans un lit en désordre, les cheveux emmêlés.

Devant le miroir, j'observe mon corps nu. J'aperçois une larme qui coule le long de ma joue, je l'essuie avec mon doigt et l'ongle me griffe un peu la peau. Je passe ma main dans mes cheveux, je les tire en arrière, je m'adresse une grimace pour me faire rire : mais je n'y arrive pas, je veux pleurer, je veux me punir. J'ouvre le premier tiroir de ma commode. Je mets soigneusement de côté ce que je dois porter. Je pose tout sur le lit et je place le miroir bien en face de moi. J'observe encore mon corps. Les muscles sont tendus, la peau est douce, lisse et blanche comme celle d'une petite fille. Je suis une petite fille. Je m'assois au bord du lit, j'enfile mes bas en tendant la pointe du pied et en faisant glisser le voile fin sur la peau. Puis c'est la guêpière, en soie noire avec des rubans. Elle ceint mon buste et affine ma taille déjà mince ; elle met en valeur mes hanches, trop plantureuses, trop rondes pour éviter que les hommes jettent leur bestialité là. Mes seins sont encore petits : ils sont blancs, fermes et ronds, ils tiennent dans une main. La guêpière est serrée, les seins sont écrasés et rapprochés. Ce n'est pas encore le moment de me regarder. Je prends mes chaussures à talons aiguilles, j'y glisse mon pied et sens que mon mètre soixante prend d'un coup dix centimètres de plus. Je vais dans la salle de bain, je mets du rouge sur mes lèvres pulpeuses ; j'épaissis mes cils avec du rimmel, je brosse mes longs cheveux et m'asperge trois fois de parfum. Je retourne dans ma chambre. C'est là que je verrai la personne qui sait comment me faire vibrer l'âme. Je m'admire, mes yeux brillent, ils pleurent presque. Une lumière spéciale dessine le contour de mon corps.

Mes cheveux lâchés m'invitent à les caresser ; sans que je m'en rende compte la main descend des cheveux vers la nuque, caresse la peau délicate, deux doigts font le tour de mon cou en serrant légèrement. Je commence à sentir la vibration du plaisir, encore imperceptible. La main descend un peu plus, caresse la poitrine. La petite fille habillée en femme que j'ai devant moi a deux yeux vifs et assoiffés (de quoi ? de sexe ? d'amour ? de vraie vie ?). La petite fille est maîtresse d'elle-même. Ses doigts se faufilent entre les poils de son sexe et la sensation de chaleur la fait frissonner jusqu'à la tête ; mille émotions l'envahissent.

— Tu es à moi, je me murmure tandis que l'excitation s'empare de mon désir.

Je me mords les lèvres, mes cheveux défaits me font transpirer dans le dos, de petites gouttes de sueur perlent sur mon corps.

Je halète, je soupire de plus en plus... Je ferme les yeux, mon corps est traversé de spasmes, mon esprit vole en liberté. Mes genoux cèdent, ma respiration se bloque et ma langue lèche lentement mes lèvres. J'ouvre les yeux : la petite fille me sourit. Je m'approche et lui offre un long baiser intense, ma respiration fait de la buée sur le miroir.

Je me sens seule, abandonnée. Je me sens comme une planète autour de laquelle trois étoiles gravitent en orbite : Letizia, Fabrizio et mon prof. Trois étoiles qui me tiennent compagnie en pensée mais pas vraiment dans la réalité.

21 février 2002

Je suis allée avec ma mère chez le vétérinaire pour qu'il examine mon petit chat qui a un peu d'asthme. Il miaulait doucement, effrayé par les mains gantées du médecin ; je lui caressais la tête en le réconfortant par des mots gentils.

Dans la voiture, ma mère m'a demandé comment ça allait au lycée et avec les garçons. J'ai répondu de façon vague aux deux questions. Désormais mentir est la règle ; cela me paraîtrait bizarre de ne plus avoir à le faire...

Je lui ai proposé de m'accompagner chez mon prof de maths parce que j'avais un cours.

— Très bien, comme ça je le connaîtrai !

Je n'ai rien répondu parce que je ne voulais

pas qu'elle se doute de quelque chose, et puis j'étais sûre que Valerio s'attendait à rencontrer ma mère un jour ou l'autre.

Heureusement, sa tenue était convenable. Mais, bizarrement, ma mère m'a demandé de la raccompagner jusqu'à l'ascenseur et m'a dit :

— Je ne l'aime pas, il a une tête de vicieux.

J'ai fait un geste qui signifiait « Laisse tomber » et je lui ai expliqué qu'il me donnait juste des cours de maths et qu'on allait pas se marier. Ma mère a cette manie de juger les gens à leur tête, ça m'énerve !

J'ai fermé la porte, Valerio m'a dit de prendre mon cahier et on a commencé tout de suite. On n'a pas parlé du coup de téléphone, mais de racines carrées, cubiques et de binômes... Ses yeux jouaient si bien la comédie que je me suis mise à douter. Et s'il m'avait juste appelée que pour me ridiculiser ? Et s'il s'en fichait de moi, s'il voulait juste un orgasme au téléphone ? J'attendais une allusion, un mot, Rien !

Et puis, en me tendant mon cahier, il m'a regardée comme s'il avait tout compris :

— Ne prends pas de rendez-vous pour samedi soir. Et ne t'habille pas avant que je t'aie appelée.

Je l'ai regardé étonnée mais je n'ai rien dit ; j'ai ouvert mon cahier pour faire semblant d'être indifférente, je lisais ses corrections et j'ai vu au milieu des x et des y :

Ma Lolita était comme un paradis, un paradis immergé dans les flammes.

Professeur Humbert[1]

De nouveau, je me suis tue. Lorsqu'on s'est dit au revoir, il m'a rappelé le rendez-vous. Comme si j'allais oublier...

22 février 2002

À 13 heures, Letizia m'a appelée pour me proposer d'aller déjeuner avec elle. J'ai accepté, parce qu'en plus je n'avais pas le temps de rentrer chez moi avant la répétition générale du spectacle à 15 h 30. J'avais envie de la voir, j'avais souvent pensé à elle avant de m'endormir.

Elle était encore plus belle en vrai. Je regardais ses jolies mains me servir du vin et puis les miennes toutes rouges et sèches à cause des trajets en scooter dans le froid.

Elle m'a tout raconté en une heure. Elle m'a parlé de sa mère, morte prématurément, de

---

1. Référence au personnage de *Lolita* de Nabokov. (*N.d.T.*)

son père, parti en Allemagne, et de sa sœur qu'elle voit rarement depuis qu'elle est mariée. Et puis aussi ses profs, son lycée, la fac, ses activités, le travail qu'elle aimerait faire.

J'ai regardé ses sourcils et j'ai eu envie de les embrasser. C'est bizarre, les sourcils ! Ceux de Letizia bougent en même temps que ses yeux et sont tellement beaux qu'ils donnent envie d'embrasser son visage, ses joues, sa bouche... Maintenant, je le sais cher journal, je la désire. Je veux sa chaleur, sa peau, ses mains, sa salive, sa voix quand elle murmure. Je voudrais lui caresser la tête, visiter son îlot, faire une fête à tout son corps. Pourtant, je me sens un peu bloquée. C'est normal, il s'agit d'une chose nouvelle pour moi ; je ne pense pas qu'elle aussi éprouve cela. Peut-être, mais je ne le saurai jamais. Elle me regardait, les lèvres humides, je me sentais céder. Pas à elle, à mes caprices.

— Tu veux faire l'amour, Melissa ?

J'ai reposé mon verre de vin sur la table, je l'ai regardée troublée et j'ai hoché la tête.

— Mais il faut que tu m'apprennes...

M'apprendre à faire l'amour avec une femme ou m'apprendre à aimer ? Peut-être que les deux se rejoignent.

23 février 2002
5 h 45

Samedi soir, ou plutôt dimanche matin vu que la nuit est finie et que le jour est en train de se lever. Cher journal, je me sens heureuse ; je suis euphorique. Une sensation de bien-être m'envahit totalement. Cette nuit j'ai découvert qu'il est sacré de se laisser aller avec quelqu'un qui nous plaît et qui nous enflamme les sens. C'est là que le sexe cesse d'être seulement du sexe et devient de l'amour ; c'est là, quand on sent le parfum de son dos, ou qu'on caresse ses épaules fortes et tendres ou ses cheveux.

Je n'étais pas du tout stressée, je savais ce que j'allais faire et que je décevrais mes parents. J'allais monter dans la voiture d'un homme de vingt-sept ans que je connaissais à peine, un prof de maths séduisant, qui me troublait vraiment. Je l'ai attendu en bas de la maison, sous un immense pin ; sa voiture verte est arrivée lentement, il avait une écharpe autour du cou et ses lunettes renvoyaient des reflets.

Contrairement à ce qu'il m'avait dit, je n'ai pas attendu qu'il m'appelle pour penser à ce que je devais porter. J'ai mis mes sous-vêtements du premier tiroir et une petite robe noire. Je me suis regardée dans la glace et j'ai fait une grimace parce qu'il manquait quelque chose ; j'ai glissé mes mains sous ma jupe et j'ai enlevé ma petite culotte.

— Tu es parfaite comme ça, j'ai murmuré avec un sourire.

Et je me suis adressé un baiser.

Quand je suis sortie de la maison, je sentais le froid entrer sous ma jupe, le vent sauvage effleurer mon sexe nu. Lorsque je suis montée dans la voiture, il m'a regardée.

— Tu n'as pas mis ce que je t'avais demandé de porter.

— Je sais. Le truc que je fais le mieux c'est désobéir aux profs, j'ai répondu en fixant la route.

Il a déposé un baiser sonore sur ma joue et on est parti vers un lieu secret.

Je n'arrêtais pas de toucher mes cheveux. Peut-être pensait-il que j'étais tendue mais j'étais juste impatiente. Impatiente de le posséder, là tout de suite, sans aucun préambule. Je ne sais plus de quoi on a parlé pendant le trajet parce que je ne pensais qu'à ça : le posséder. J'ai regardé ses yeux pendant qu'il conduisait, je les aime bien. Il a de longs cils noirs, des yeux mystérieux et magnétiques. Je me suis rendu compte qu'il me jetait des coups d'œil furtifs mais j'ai fait semblant de rien. Ça aussi ça fait partie du jeu. Et puis on est arrivé au Paradis. Ou peut-être en Enfer, ça dépend du point de vue. On a suivi des routes et des sentiers étroits et déserts que je croyais impraticables. On est arrivé devant une église en ruine couverte de lierre et Valerio m'a dit :

— Regarde à gauche si tu vois une fontaine, on doit tourner juste après.

J'ai examiné attentivement la route, espérant trouver au plus vite la fontaine dans ce labyrinthe obscur.

— La voilà ! j'ai crié un peu trop fort.

Il a coupé le moteur devant un portail rouillé, sur lequel figuraient des inscriptions que les phares éclairaient. Mes yeux se sont posés sur deux noms dans un cœur : Valerio et Melissa.

Je l'ai regardé étonnée et lui ai montré ce que j'avais lu.

Il a souri et a dit doucement :

— Je n'y crois pas... ! Tu vois ? Nos noms sont écrits dans les étoiles.

Je n'ai pas compris ce que cela signifiait, en tout cas le « nos » m'a rassurée ; je me suis sentie faire partie d'un tout qui rassemblait deux êtres semblables, et non deux choses différentes. Comme avec le miroir.

J'ai eu peur de ce paradis. Il était noir, escarpé, impraticable, surtout avec des talons hauts. J'essayais de m'agripper à Valerio le plus possible, je voulais sentir sa chaleur. On a trébuché plusieurs fois au milieu de ces chemins étroits et sombres, bordés de murs ; on ne pouvait voir que le ciel, particulièrement étoilé cette nuit-là, et la lune, qui se cachait et jouait avec nous. Je ne sais pourquoi mais cet endroit m'a inspiré des sentiments macabres et obscurs. J'imaginais bêtement (ou à juste titre, peut-être) que, tout près, se déroulait une messe noire dont j'étais la victime désignée ; des hommes cagoulés allaient m'attacher à une table entourée de bougies et de candélabres, me violer à tour de rôle et me tuer avec un sabre à la lame recourbée et aiguisée. Mais j'avais confiance en Valerio, ces pensées étaient sans doute dues à mon inconscience face à la magie du moment.

Ces sentiers qui m'effrayaient nous ont conduits jusqu'à une clairière qui surplombait la mer. On entendait les vagues se briser sur la plage. Il y avait des roches blanches et lisses : j'ai imaginé pourquoi elles étaient là. On a trébuché encore une fois et il m'a attirée à lui. Nos lèvres se sont effleurées. On respirait le parfum de l'autre, on écoutait sa respiration. On s'est rapproché et on s'est dévoré les lèvres, les suçant, les mordant. Nos langues se sont rencontrées : la sienne était chaude et douce, elle me caressait comme une plume. Les baisers sont devenus brûlants jusqu'à ce qu'il me demande s'il pouvait me toucher, si c'était le moment. J'ai dit « oui, c'est le moment ». Il s'est arrêté net quand il s'est aperçu que j'étais nue sous ma robe. Pendant quelques secondes, il est resté immobile, et puis j'ai senti ses doigts qui se frottaient contre mon volcan sur le point d'exploser. Il m'a dit qu'il voulait me goûter.

Alors je me suis assise sur un des rochers. Sa langue a caressé mon sexe comme la main d'une mère caresse la joue de son bébé : lentement et doucement. Le plaisir me gagnait de façon inexorable, à la fois dense et fragile, et me faisait fondre.

Il s'est levé et m'a embrassée. J'ai senti mon odeur dans sa bouche, c'était sucré. J'avais déjà effleuré son membre plusieurs fois et j'avais senti qu'il était dur et impressionnant sous le jean ; il s'est déboutonné et m'a offert son pénis. Je n'avais jamais vu d'homme circoncis, je ne savais pas que le gland était à nu, comme une pointe lisse dont je me suis rapprochée instinctivement.

Ensuite, j'ai murmuré dans son oreille :

— Baise-moi.

Lui aussi le voulait. Et il m'a demandé qui m'avait appris à sucer comme ça, que ma langue serpentine l'avait rendu fou.

Il m'a demandé de me mettre de dos, les fesses bien en l'air. D'abord, il les a regardées. J'ai trouvé ça bizarre, et pourtant ce regard m'a beaucoup excitée. J'ai attendu le premier coup, les mains à plat sur la pierre froide et lisse. Il s'est approché et a visé la cible. Je voulais qu'il me dise que je m'offrais à lui comme une petite chienne, sans limites. J'ai lâché un gémissement de contentement en même temps qu'il m'assénait un coup sec. Et puis je me suis détachée. Je le sentais encore à l'intérieur de moi. Je lui ai dit qu'attendre quelques minutes avant de s'emparer du corps de l'autre allait intensifier notre plaisir.

— Viens, on va dans la voiture. Ce sera plus confortable, j'ai dit.

On a de nouveau traversé le labyrinthe obscur mais cette fois je n'avais plus peur ; mille petits démons s'amusaient à irradier mon corps, à le rendre tour à tour angoissé ou euphorique, d'une euphorie ineffable. Avant de remonter dans la voiture, j'ai relu les noms écrits sur le portail. Je me suis déshabillée tout de suite ; je voulais que chaque centimètre de notre peau soit en contact avec celle de l'autre, que l'on partage des émotions nouvelles, exaltantes. Je me suis mise sur lui et je l'ai chevauché en alternant des mouvements caressants et des coups secs et sévères. Je le léchais, je l'embrassais. Ses gémissements me faisaient mourir, je perdais le contrôle. Avec lui, c'est facile de perdre le contrôle.

— On est tous les deux des chefs, comment on va faire pour que l'un se soumette à l'autre ? il a dit.

— Deux chefs se baisent et jouissent chacun à leur tour, j'ai répondu.

J'ai accéléré les coups secs et comme par magie j'ai trouvé le plaisir qu'aucun homme n'a su me donner, ce plaisir que je suis la seule à savoir me procurer. J'avais des spasmes dans le sexe, les jambes, les bras, même sur le visage. Tout mon corps était en fête. Il a enlevé son T-shirt et j'ai senti son torse nu et velu, tellement chaud sous ma poitrine. J'ai frotté mes tétons sur cette merveille, je l'ai caressé avec mes mains pour qu'il soit tout à moi.

Et puis il m'a dit :

— Touche-le avec un doigt.

Je l'ai fait et son membre a pleuré ; je me suis approchée et j'ai avalé le sperme le plus sucré que j'aie jamais goûté.

Il m'a enlacée et, durant cet instant qui m'a semblé infini, j'ai eu l'impression de tout avoir là, près de moi.

J'avais les yeux fermés, mais je sentais quand même son regard posé sur moi. C'était injuste. Les hommes ne se contentent jamais de ton corps, en plus de le caresser, de l'embrasser, ils veulent l'imprimer dans leur tête, ne jamais l'oublier. Je me demandais ce que Valerio pouvait ressentir en voyant mon corps immobile et endormi ; pour moi il ne faut pas regarder, il faut éprouver et, cette nuit, c'est ce que j'ai fait.

Au bout d'un moment, il a dit en crachant la fumée de sa cigarette :

— Je n'avais jamais fait une chose pareille.

Je savais de quoi il parlait, je sentais que c'était le moment des discours sérieux qui allaient soit compromettre, soit renforcer cette relation dangereuse et excitante.

J'ai posé ma main sur son épaule, puis mes lèvres. J'ai attendu un peu avant de parler, mais je savais déjà ce que j'allais dire.

— Le fait que tu ne l'aies jamais fait ne signifie pas que c'est une erreur.

— Ça veut pas non plus dire que c'est bien.

— Et qu'est-ce que ça nous fait que ce soit bien ou pas ? L'important c'est qu'on était bien ensemble, qu'on l'a vécu à fond.

Je me suis mordu les lèvres, j'avais conscience qu'un homme n'allait pas écouter une petite fille prétentieuse.

En fait, il s'est retourné, il a jeté sa cigarette.

— C'est pour cela que tu me rends fou, tu es mûre, intelligente et la flamme que tu as en toi n'a pas de limites.

C'est lui. Il l'a reconnue. Ma flamme, je veux dire. En me raccompagnant chez moi il m'a dit que c'était mieux si on arrêtait les cours, qu'il ne pourrait plus me considérer comme une élève. J'ai répondu que ça m'allait, je l'ai embrassé sur la joue. J'ai ouvert la porte de chez moi, il a attendu que je sois entrée pour repartir.

24 février 2002

Ce matin je ne suis pas allée à l'école, j'étais trop fatiguée. Et puis ce soir il y a la première du spectacle, j'ai une excuse.

Vers 13 heures, j'ai reçu un texto de Letizia qui me disait qu'elle serait là à 21 heures pile pour me voir. Ah oui, Letizia... je l'avais oubliée hier. Mais comment on fait pour associer deux perfections ? Hier, j'avais Valerio et ça me suffisait ; aujourd'hui, je suis seule et ça ne me suffit pas (pourquoi je ne me suffis plus ?), je veux Letizia.

PS : Quel débile ce Fabrizio ! Il voulait à tout prix venir me voir avec sa femme ! J'ai réussi à le convaincre de rester chez lui.

1 h 50

Ce soir, je n'étais pas trop stressée, au contraire j'étais presque molle, j'avais très envie de finir. Les autres s'agitaient dans tous les sens, ceux qui avaient peur, ceux qui étaient contents ; j'étais derrière le rideau à épier les gens qui s'installaient. Je n'ai pas vu si Letizia était arrivée et Aldo, le scénographe, m'a appelée parce que ça allait commencer.

Les lumières de la salle se sont éteintes et celles du plateau se sont allumées. Je suis entrée en scène comme une flèche qu'on décoche, j'ai fait tout ce que le metteur en scène m'avait toujours demandé en répétitions, sans jamais y parvenir. Eliza Doolittle a surpris tout le monde, même moi ; je sentais que j'étais naturelle dans mes gestes, dans mes expressions, ça me rendait enthousiaste. J'essayais d'apercevoir Letizia, en vain. J'ai attendu la fin du spectacle, les saluts, les applaudissements. De derrière le rideau fermé, j'ai observé les spectateurs ; il y avait mes parents aux anges qui applaudissaient encore, Alessandra que je ne voyais pas depuis longtemps. Heureusement, pas de Fabrizio.

Et puis je l'ai aperçue, son visage était joyeux, elle applaudissait comme une dingue. Je l'aime bien pour cela aussi. Parce qu'elle est spontanée, elle transmet une immense joie de vivre. Regarder son visage c'est prendre un peu de sa joie.

Aldo m'a attrapée par le bras et s'est exclamé :

— C'était très bien, très bien ma chérie ! Allez, dépêche-toi, va te changer, on sort fêter ça avec les autres !

Il avait l'air surexcité, ça m'a fait rire. Je lui ai dit que je ne pouvais pas, que je devais voir quelqu'un. À ce moment-là, Letizia est arrivée toute souriante ; quand elle a vu Aldo, son expression a changé, son sourire a disparu et ses yeux se sont assombris. J'ai regardé Aldo, son visage a pris le même air sérieux. J'ai tourné la tête deux ou trois fois comme une débile pour les observer l'un après l'autre.

— Qu'est-ce qu'il y a ? Qu'est-ce que vous avez ? j'ai demandé.

Ils n'ont rien dit. Leurs yeux étaient durs, presque menaçants. Aldo a parlé en premier :

— Rien, rien, allez-y. Je dirai aux autres que tu n'as pas pu venir. Salut ma belle ! et il m'a embrassée sur le front.

Je me suis tournée vers Letizia :

— Je peux savoir ce qu'il se passe ? Vous vous connaissez ?

Elle était plus calme mais hésitante, elle essayait de fuir mon regard.

— J'imagine que tu sais qu'Aldo est homosexuel, elle a dit.

On le sait tous au lycée, il en parle librement.

— Oui. Et alors ?

— Alors, il y a pas longtemps, il était avec un garçon, et puis... ben on s'est connu... le garçon et moi je veux dire... Aldo se doutait déjà de quelque chose...

Elle mettait un silence entre chaque mot.

— Il se doutait de quoi ?

Ses yeux commençaient à briller.

— Non, je peux pas te le dire, excuse-moi... je peux pas...

Elle a regardé ailleurs et elle a ajouté :

— Je suis pas seulement lesbienne...

Et moi je suis quoi ? Une femme ? Non, même pas. Pour l'état-civil je suis encore trop jeune. Une fille qui veut être protégée et aimée par une femme ? Mais non, je dis n'importe quoi, cher journal, je ne permettrai jamais à ma moitié de me ressembler autant ; je dois être le seul élément féminin du couple. Chez Letizia, je ne désire que son corps, son côté charnel, mais peut-être aussi spirituel. Elle me plaît, elle m'intrigue, depuis quelque temps elle est le personnage principal de mes rêveries. L'amour, celui que je cherche depuis toujours, me semble parfois si loin, si différent de moi...

1er mars 2002
23 h 20

Quand je suis sortie tout à l'heure, mon père était assis sur le canapé et regardait vaguement la télévision. Il m'a demandé d'un air amorphe où j'allais. J'ai pensé qu'il était inutile de répondre vu que ça n'aurait rien changé, il serait resté là passif. Si je lui avais dit « Je vais baiser avec un homme marié qui vient de m'acheter un appartement », ça lui aurait fait le même effet que ce que j'ai inventé : « Chez Alessandra pour travailler. »

J'ai fermé doucement la porte, je ne voulais pas déranger ses pensées si lointaines de moi.

Fabrizio m'a déjà donné les clés, il m'a dit de l'attendre là-bas, qu'il viendrait après son travail.

Je n'y étais encore jamais allée. Imagine comme je m'en fiche. J'ai garé mon scooter devant et je suis entrée dans le hall mal éclairé.

La voix de la concierge m'a fait sursauter, elle me demandait qui je venais voir ; tout à coup, j'ai eu chaud.

— Je suis la nouvelle locataire, j'ai crié en prononçant bien chaque mot comme si la concierge était sourde.

Effectivement, elle m'a répondu :

— Je suis pas sourde ! À quel étage vous devez aller ?

J'ai réfléchi un peu et j'ai dit :

— Au deuxième, l'appartement que M. Laudani vient d'acheter.

— Ah oui ! Votre père m'a dit de vous dire que c'est mieux de fermer la porte à clé derrière vous.

... Mon père ? J'ai laissé tomber. Inutile d'expliquer et plutôt embarrassant.

Pile au moment où j'ai ouvert la porte, j'ai

pensé combien ce que j'allais faire était débile et absurde. Débile parce que je ne voulais rien commencer avec lui. Fabrizio m'avait annoncé, tout content avec sa voix d'abruti, que cet après-midi serait mémorable, qu'on inaugurerait « notre refuge d'amour ». La dernière fois que quelqu'un m'avait dit que ce serait mémorable, j'avais sucé cinq bites dans une pièce obscure qui sentait le shit. J'espérais au moins qu'aujourd'hui ce serait différent.

L'entrée de l'appartement était plutôt petite et blafarde, un tapis rouge mettait un peu de couleur. De là, j'ai inspecté toutes les autres pièces : la chambre, un petit salon, un coin-cuisine et un cagibi. J'ai évité la chambre pour ne pas voir l'horreur qu'il avait fait installer en face du lit. En passant devant le cagibi, j'ai remarqué trois boîtes colorées posées par terre ; j'ai allumé la lumière et je suis entrée. Devant les boîtes, il y avait un petit papier sur lequel était écrit : OUVRE LES BOÎTES ET CHOISIS UNE TENUE. La chose m'a séduite, ma curiosité s'est éveillée.

J'ai fouillé dans les cartons et je dois reconnaître que Fabrizio ne manquait pas d'imagination. Dans la première, il y avait de la lingerie en dentelle blanche, liquette en voile de soie, culotte chaste mais sensuelle, soutien-gorge à balconnet et un papier : POUR UNE PETITE FILLE QUI A BESOIN DE CÂLINS.

Première boîte éliminée.

La deuxième contenait un string rose avec des plumes derrière comme une petite queue de lapin, des bas résille, des chaussures rouges à talons aiguille et : POUR UNE PETITE LAPINE QUI VEUT ÊTRE CAPTURÉE PAR SON CHASSEUR. Avant de l'éliminer, je décidai de voir ce que réservait la troisième boîte.

Pas mal, ce jeu. Je découvrais ses envies.

J'ai opté pour la troisième boîte : une combinaison noire en latex, des bottes en cuir à talons, une cravache, un gode noir et un tube de vaseline. Et un papier : POUR UNE MAÎTRESSE QUI VEUT PUNIR SON ESCLAVE. Il ne pouvait pas exister de punition meilleure que celle-là, il me l'avait proposée lui-même. Et puis au dos, un post-scriptum : SI TU CHOISIS CELLE-LÀ TU DEVRAS M'APPELER SEULEMENT APRÈS L'AVOIR MISE. Je n'ai pas compris pourquoi mais ça m'allait, le jeu devenait plus intéressant : il viendrait et partirait quand je le voudrais... Parfait !

Je pouvais l'envoyer se faire foutre sans remords ou culpabilité. En même temps, cela me soûlait de jouer à tout ça avec lui, il n'était pas à la hauteur. En revanche, avoir toutes ces possibilités avec Valerio, ce serait génial ! Mais il fallait que je le fasse, il proposait trop de choses pour tirer son coup avec moi, l'appart', les cadeaux. J'ai vu l'écran de mon portable s'allumer, c'était lui. Je n'ai pas pris l'appel mais je lui ai envoyé un SMS pour l'avertir que j'avais choisi la troisième boîte, et que c'était moi qui l'appellerais. Plus tard.

Je suis allée dans le salon, j'ai ouvert la fenêtre pour aérer, et puis je me suis allongée sur le tapis coloré ; l'air frais, le silence, la lumière diffuse du soleil couchant m'ont accompagnée dans ma sieste. J'ai fermé les yeux et j'ai respiré à pleins poumons jusqu'à ce que ma respiration soit comme une vague à l'intérieur de moi : une vague qui monte, se brise sur les rochers et se retire dans l'étendue de la mer. Un rêve m'a bercée et la passion m'a tenue dans ses bras. Je distinguais mal l'homme. Dans mon rêve, je savais très bien qui c'était, mais dans la réalité son identité m'échappait. On était emboîtés l'un dans l'autre, comme une clé dans sa serrure, comme la bêche du paysan dans la terre. Après un bref repos, son membre en érection continuait de me faire tressaillir et mes gémissements lui montraient combien ce jeu me plaisait. Mon excitation l'affaiblissait comme si j'étais un vin pétillant lui offrant l'ébriété nécessaire pour atteindre le point le plus haut du ciel.

L'homme était de plus en plus épuisé par mon corps et par mes mouvements, rapides et lents, qui lui faisaient perdre la notion du temps. J'ai éloigné mes fesses de son sexe pour que sa flèche ne sorte pas d'un coup de ma blessure.

J'ai saisi les rubans de soie qui avaient lié mes poignets, pour ligoter les siens ; ses paupières fermées révélaient son désir violent de me posséder mais je voulais attendre... attendre encore...

J'ai pris mes bas, et j'ai attaché ses chevilles aux pieds de la chaise. Maintenant il était prêt pour son plaisir, pour mon plaisir. Au centre de ce corps nu, la lance d'amour sûre, raide et inexorable qui ne tarderait pas à s'emparer de ma rose secrète. Je me suis mise sur lui, j'ai frotté ma peau contre la sienne et j'ai ressenti nos frissons à chacun, nos vagues de plaisir ; mes tétons durs caressaient légèrement son torse, ses poils chatouillaient ma peau lisse, nos respirations se mélangeaient.

J'ai passé le bout de mes doigts sur ses lèvres, puis ils sont entrés dans sa bouche, doucement... Ses gémissements me faisaient comprendre combien ce mouvement l'excitait. J'ai mis un doigt sur ma rose mouillée, j'ai posé une goutte de cette rosée sur le bout de son pénis, il a vibré comme le drapeau d'un conquérant. À cheval sur lui, je me suis baissée et j'ai murmuré :

— Je te veux !

C'était beau de le voir en proie à mes désirs, étendu, là, nu, sur les draps blancs qui dessinaient le contour de son corps... J'ai pris mon écharpe parfumée et j'ai bandé ses yeux pour qu'il ne puisse voir le corps qui le faisait haleter.

Je l'ai laissé ainsi plusieurs minutes. Trop de minutes. L'envie de chevaucher ce pieu toujours en érection me rendait folle, pourtant je voulais le faire attendre. Attendre encore. À la fin, je me suis levée de la chaise, il a entendu mes pas, pourtant discrets, et il a lâché un soupir de gratitude ; il a bougé un peu avant que, lentement, mon corps ne l'engloutisse...

Je me suis réveillée, le ciel était d'un bleu intense et la lune était déjà suspendue comme un croissant fin sur le toit du monde. J'étais encore excitée par le rêve. J'ai pris mon portable et j'ai composé son numéro.

— Je croyais que tu ne m'appellerais plus.

— J'ai pris mes aises, j'ai répondu, méchante.

Il m'a dit qu'il serait là dans un quart d'heure et de l'attendre sur le lit.

Je me suis déshabillée, j'ai laissé mes affaires par terre dans le cagibi et j'ai enfilé la combinaison moulante qui collait à ma peau et la pinçait. Les bottes m'arrivaient exactement à mi-cuisse. Lorsque je suis allée dans la chambre pour me regarder dans la glace, j'ai sursauté en apercevant mon reflet : voilà mon énième transformation, mon énième soumission aux désirs interdits de quelqu'un qui ne m'aime pas. Mais cette fois ce serait différent, j'aurais une digne récompense : son humiliation. Même si, en réalité, nous étions tous les deux humiliés.

Il est arrivé plus tard que prévu, il s'est excusé en m'expliquant qu'il avait dû inventer un mensonge pour sa femme. Pauvre femme, j'ai songé, mais ce soir la punition tu l'auras toi aussi.

Il m'a trouvée étendue sur le lit ; j'étais en train d'observer une grosse mouche qui se cognait contre l'ampoule du plafond. Cela faisait un bruit désagréable. J'ai pensé que les gens se cognent contre le monde de la même façon que cet insecte stupide : ils font du bruit, du désordre, ils tournent autour des choses sans jamais pouvoir les saisir ; parfois ils voient le désir là où il y a un piège et ils se retrouvent, sidérés, enfermés dans une cage sous une lumière bleue.

Fabrizio a posé son attaché-case sur le sol, il est resté immobile en me regardant. Ses yeux voulaient tout dire et l'excitation que je percevais sous son pantalon me le confirmait : il me fallait le torturer lentement et méchamment.

Et puis il a parlé :

— Tu as déjà violenté mon esprit, tu es entrée en moi. Maintenant tu dois violenter mon corps, faire entrer quelque chose de toi dans ma chair.

— T'as pas l'impression qu'on ne voit pas

qui est l'esclave et qui est le maître ? C'est moi qui décide de ce que je dois faire. Toi tu dois subir. Viens ! j'ai crié comme la meilleure des maîtresses.

Il s'est dirigé à grands pas vers le lit ; j'ai regardé la cravache et le gode sur la table de nuit, une frénésie commençait à monter en moi. Je voulais savoir quel orgasme il aurait, je voulais voir son sang.

Nu, il ressemblait à un ver, il n'avait presque pas de poils, sa peau était brillante et molle, son ventre gonflé, son sexe s'excitait subitement. J'ai pensé que la violence du rêve serait trop douce pour lui, il méritait une punition crue, mauvaise. Je l'ai fait s'allonger par terre sur le ventre, mon regard était froid et hautain, ça l'aurait glacé s'il l'avait vu. J'ai appuyé le talon de ma botte sur son dos. J'ai fait souffrir sa chair ou plutôt, ma vengeance l'a fait souffrir. Il criait, doucement. Peut-être qu'il pleurait. Mon esprit était dans un tel état de confusion que je ne distinguais pas les couleurs et les sons autour de moi.

— À qui tu appartiens ? je lui ai demandé froidement.

Un long râle et puis sa voix cassée :

— À toi. Je suis ton esclave.

Pendant qu'il parlait mon talon est descendu le long de sa colonne jusqu'à ses fesses et j'ai appuyé.

— Non, Melissa... non...

Je n'ai pas pu continuer. Je l'ai fait se tourner d'un coup de pied et j'ai réservé à son torse le même traitement qu'à son dos. Je me suis mise à cheval sur une cuisse et sans m'en rendre compte j'ai frotté son sexe contre la combinaison collante.

— Tu as la chatte toute mouillée, allez laisse-moi la lécher.

— Non !

Sa voix était cassée, mais je l'entendais me supplier de continuer, de lui faire du mal.

Mon excitation augmentait, remplissait mon âme et ressortait par mon sexe. Cela provoquait en moi une exaltation mystérieuse. Je le soumettais et j'étais contente. Contente pour moi et pour lui. Pour lui parce que c'était ce qu'il voulait, un de ses plus grands fantasmes. Pour moi parce que c'était comme m'affirmer moi, mon corps, mon âme face à une autre personne, en la dominant complètement. Je participais à ma propre fête.

J'ai saisi la cravache et passé la lanière de cuir sur ses fesses ; j'ai donné un coup, son corps a sursauté puis s'est raidi. Au-dessus de nous, la mouche se cognait toujours contre l'ampoule. En face, la fenêtre à moitié ouverte tirait le rideau jusqu'à le déchirer. Un dernier coup violent sur son dos meurtri et rouge et j'ai pris le gode. Je n'en avais jamais tenu un dans la main et je n'ai pas aimé. J'ai appliqué le gel poisseux dessus, ça m'a imprégnée de fausseté, ce n'était pas comme lorsque Gianmaria et Germano entraient dans le corps de l'autre avec douceur et tendresse ; ç'avait été une réalité différente mais sincère. Tandis que cette réalité-là me dégoûtait : elle était fausse. Fabrizio était hypocrite dans sa vie, envers sa famille : un ver qui se prosterne aux pieds d'une petite fille. Le gode est entré difficilement et je l'ai senti vibrer dans mes mains comme s'il avait cassé quelque chose : ses entrailles peut-être. Je le pénétrais en me répétant des phrases dans la tête, comme des formules prononcées pendant un rituel.

Ça c'est pour ton ignorance, ça pour ta prétention de faible, ça pour ta fille qui ne saura jamais qui est vraiment son père, ça pour ta femme qui dort auprès de toi, ça pour ne pas m'avoir respectée, ça pour ne pas m'avoir comprise, ça pour ne pas avoir cueilli ma véritable nature qui est la beauté. La beauté, la vraie, que tout le monde possède sauf toi. Tellement de coups durs, lacérants. Il gémissait sous moi, criait, pleurait parfois ; son orifice s'élargissait, il était rouge de contraction et de sang.

— Tu n'as plus de souffle, gros dégueulasse ? j'ai dit en souriant cruellement.

Il a crié fort, peut-être qu'il a eu un orgasme, et puis il l'a dit :

— Arrête, je t'en prie.

Je me suis arrêtée, mes yeux se sont remplis de larmes. Je l'ai laissé sur le lit bouleversé, épuisé, complètement cassé. Je me suis rhabillée. Dans le hall la concierge m'a saluée, je n'ai rien répondu, je ne l'ai pas regardée, je suis partie.

Quand je suis rentrée chez moi, je ne me suis pas regardée dans la glace et, avant d'aller dormir, je ne me suis pas donné cent coups de brosse ; voir mon visage épuisé et mes cheveux emmêlés m'aurait fait trop de mal, beaucoup trop.

4 mars 2002

Cette nuit, j'ai fait plein de cauchemars. L'un d'entre eux m'a donné des frissons.

Je courais dans une forêt noire, poursuivie par des personnages maléfiques. Devant moi, il y avait une tour éclairée par le soleil ; c'était comme Dante quand il essaie de rejoindre la montagne mais que les trois fauves lui barrent le chemin. Sauf que ceux qui me faisaient barrage, c'était l'ange présomptueux et ses diables ; derrière eux un ogre le ventre plein de petites filles ; et plus loin un monstre androgyne accompagné de jeunes sodomites. Ils avaient tous l'écume aux lèvres et certains rampaient péniblement sur la terre desséchée. Moi, je courais en ne cessant de me retourner de peur que l'un d'entre eux me rattrape. Ils criaient tous des phrases incohérentes. À un moment, j'ai buté contre quelqu'un et j'ai hurlé ; j'ai aperçu le gentil visage d'un homme qui m'a prise par la main et m'a guidée à travers différents passages secrets au pied de la haute tour. Il l'a indiquée du doigt et a dit :

— Monte les escaliers mais ne te retourne jamais. En haut, tu trouveras ce que tu as cherché en vain dans la forêt.

— Comment je peux te remercier ? j'ai demandé en larmes.

— Cours, avant que je devienne comme eux ! il a crié.

— Mais c'est toi, tu es mon sauveur ! Je n'ai pas besoin de monter dans la tour, je t'ai déjà trouvé !

— Cours ! il a répété de nouveau.

Et ses yeux se sont transformés, ils sont devenus rouges et avides, il s'est enfui l'écume à la bouche. Je suis restée, au pied de la tour, le cœur brisé.

22 mars 2002

Mes parents sont partis depuis une semaine ; ils reviennent demain. Pendant plusieurs jours, la maison était libre, je pouvais entrer et sortir quand ça me plaisait. Au début je pensais inviter quelqu'un à passer la nuit avec moi,

Daniel par exemple qui m'a appelée il y a quelques jours, ou Roberto, ou même oser téléphoner à Germano ou à Letizia, enfin quelqu'un qui me tienne compagnie. En fait, j'ai profité de ma solitude ; j'ai repensé à toutes ces choses qui me sont arrivées ces derniers temps, les bonnes et les mauvaises.

Je sais, cher journal, que je me suis fait du mal, que je n'ai pas eu de respect pour moi-même alors que je répète que je m'aime tellement. Je ne suis pas certaine de m'aimer comme avant, quelqu'un qui s'aime ne laisse pas n'importe quel homme violer son corps, sans même en avoir envie. Je te dis ça pour te confier un secret, un triste secret que je voulais te cacher, bêtement, en croyant que je pourrais l'oublier.

Un soir, j'étais seule et je me suis dit que je devrais m'amuser et sortir un peu. Dans un bar où je vais souvent, un type m'a abordée pas très poliment. J'étais bourrée, je l'ai laissé me draguer. Il m'a emmenée chez lui et quand il a fermé la porte derrière lui, j'ai eu peur, une peur terrible qui a chassé ma cuite d'un coup. Je lui disais de me laisser partir, mais il ne voulait pas et m'a obligée avec ses yeux de fou à me déshabiller. J'étais effrayée, j'ai obéi et j'ai fait tout ce qu'il m'a ordonné de faire. Je me suis pénétrée avec le vibro qu'il m'a donné, je sentais que ça me déchirait la peau, que ça brûlait l'intérieur de mon vagin. J'ai pleuré quand il m'a offert son membre petit et mou. Et, comme il me tenait la tête, je n'ai pas pu refuser de faire ce qu'il voulait. Il n'a pas réussi à jouir, j'avais mal aux mâchoires et aux dents.

Il s'est jeté sur le lit et s'est endormi. Instinctivement j'ai regardé sur la table de nuit, je m'attendais à trouver de l'argent, comme pour une bonne pute. Je suis allée dans la salle de bains, je me suis lavé le visage sans oser me regarder dans la glace : j'aurais vu le monstre qu'ils veulent tous que je devienne. Je ne dois pas accepter, je ne dois pas les laisser faire. Je suis sale ; seul l'Amour, s'il existe, pourra me laver.

28 mars 2002

Hier, j'ai raconté à Valerio ce qui m'est arrivé l'autre soir. Je m'attendais à ce qu'il dise « J'arrive tout de suite » pour me prendre dans ses bras et me bercer, me dire que je n'allais plus avoir peur, qu'il était là avec moi. Rien de tout ça : il m'a fait des reproches, que je suis une débile, une couillone. Et il a raison, putain ! Mais je me culpabilise assez toute seule, j'en veux pas de leur morale, je veux juste que quelqu'un me serre dans ses bras et me rassure.

Ce matin, il est venu à la sortie du lycée, je m'attendais pas à une telle surprise. Il est arrivé en moto, les cheveux au vent, des lunettes de soleil pour protéger ses yeux magnifiques. Il avait son sourire sournois et charmant ; je suis restée un moment bouche bée. Je discutais près d'un banc avec des amis. J'étais décoiffée, les joues toutes rouges, avec mon gros sac sur le dos. J'ai vite laissé mes amis et j'ai couru pour lui dire bonjour. Je me suis jetée contre lui de façon spontanée et un peu trop puérile. Il m'a dit qu'il avait envie de me voir, que mon sourire et mon parfum lui manquaient ; il était en crise de manque de Lolita.

— Qu'est-ce qu'ils regardent les clones ? il m'a dit en montrant de la tête les jeunes sur la place.

— Qui ?

Il m'a expliqué qu'il appelle comme ça les petits jeunes, qui se ressemblent tous, ils appartiennent tous au même troupeau ; c'est une façon de les distinguer des adultes.

— Ben... tu as une drôle de façon de nous décrire... en tout cas ils regardent ta moto, ton charme et ils m'envient parce que je parle avec toi. Demain, ils me demanderont : mais c'était qui le mec avec qui tu parlais ?

— Et tu leur diras ? il a demandé, sûr de la réponse.

Son assurance m'a énervée.

— Je sais pas. Ça dépend qui me le demande et comment, j'ai répliqué.

Je voyais sa langue mouiller ses lèvres, ses cils longs et noirs, et son nez qui ressemble au mien. Et je regardais son pénis qui a gonflé quand je lui ai murmuré dans l'oreille :

— Je veux que tu me prennes, maintenant, devant tout le monde.

Il m'a contemplée avec un sourire, en m'offrant ses lèvres un peu nerveusement.

— Lolita... tu veux me rendre fou ?

J'ai hoché la tête.

— Fais-moi sentir ton parfum, Lo.

J'ai approché mon cou et il s'est rempli les poumons de mon parfum au musc et à la vanille et puis il a dit :

— J'y vais maintenant, Lo.

Il ne devait pas s'en aller. Cette fois je jouerai jusqu'au bout.

— Tu veux savoir quelle culotte j'ai aujourd'hui ?

Il allait démarrer sa moto, il m'a regardée étonné et m'a dit oui, l'air absent. J'ai déboutonné mon pantalon et lui ai prouvé que je n'avais pas de culotte. Il cherchait une réponse dans mes yeux.

— Je sors souvent sans culotte, j'aime bien. Tu te souviens que j'en avais pas non plus le soir où on l'a fait pour la première fois ?

— C'est comme ça que tu vas me rendre fou.

Je me suis approchée tout près de son visage et je l'"ai fixé droit dans les yeux.

— Oui, j'y compte bien.

Nous nous sommes regardés un bon moment. Et puis je lui ai dit à l'oreille :

— Viole-moi cette nuit.

— Non, Lo, c'est dangereux.

— Viole-moi, j'ai répété malicieuse et autoritaire.

— Où ça, Meli ?

— Là où on est allé la première fois.

29 mars 2002
1 h 30

Je suis descendue de la voiture tandis qu'il restait à l'intérieur. J'ai marché dans le chemin sombre et étroit et il a attendu un peu avant de me suivre. Je me suis retrouvée seule à parcourir ces routes mauvaises ; j'entendais au loin le bruit de la mer et puis plus rien. Je regardais les étoiles et j'avais l'impression que je devais recueillir leur voix, la voix imperceptible des êtres qui brillent par intermittence. Et puis le moteur et les phares. Je suis restée calme, je voulais que tout se passe comme j'avais prévu : lui le bourreau, moi la victime. Victime dans le corps, humiliée et soumise. Mais l'esprit, le mien et le sien, c'est moi qui le commande. Je veux tout ça, je suis le maître. Lui, c'est un faux maître, un maître qui est mon esclave, esclave de mes désirs et de mes caprices.

Il a approché la voiture, a coupé les phares, le moteur, et il est descendu. Pendant un moment, comme je ne percevais aucun bruit, j'ai cru être seule... Je l'ai entendu : il venait à pas lents, mais sa respiration était haletante. Je l'ai senti derrière moi, il a soufflé dans mon cou. Tout à coup, j'ai eu peur. Il me suivait, il a couru vers moi, m'a saisie par le bras et m'a plaquée contre le mur.

— Les demoiselles qui ont de jolis petits culs ne se promènent pas seules ici, il a dit en transformant sa voix.

Il serrait fort mon bras et pressait mon visage contre la paroi rugueuse.

— Ne bouge pas ! il a ordonné.

J'attendais le geste suivant ; j'étais à la fois excitée et effrayée. Je me demandais ce que j'aurais ressenti si ç'avait vraiment été un inconnu qui me violait, et pas mon gentil prof. Et puis je suis revenue sur cette idée, quand j'ai repensé à toutes les violences auxquelles j'ai dû me soumettre, il y a quelque temps... et je voulais encore de la violence, de la violence jusqu'à n'en plus pouvoir. Je me suis habituée, peut-être que je ne peux plus m'en passer. Ça me ferait bizarre si un jour la douceur et la tendresse venaient frapper à ma porte et me demandaient d'entrer.

La violence me tue, m'use, me salit et se nourrit de moi ; mais je survis à travers et grâce à elle, je me nourris d'elle.

Il a fouillé dans la poche de son pantalon. Il serrait fort mes poignets minces. Puis il m'a lâchée et a pris l'objet dans son autre main. C'était un tissu avec lequel il a bandé mes yeux.

— Tu es très belle comme ça ; je soulève ta jupe, jolie pute. Ne dis rien ! Ne crie pas !

Ses doigts sont entrés dans ma culotte, ont caressé mon sexe. Et puis il m'a donné une claque, et j'ai gémi de douleur.

— Non !... Je t'avais dit de n'émettre aucun son !

— Tu m'avais dit de ne pas parler ou crier. J'ai juste gémi, j'ai murmuré consciente qu'il allait me punir pour ça.

En effet, il m'a donné une claque encore plus violente et je suis restée silencieuse.

— C'est bien, Loly, c'est bien.

Il me tenait toujours ; il s'est mis à embrasser mes fesses sur lesquelles il avait défoulé toute sa violence. Il les a léchées lentement, mon envie d'être possédée a augmenté, je ne pouvais pas m'en empêcher. Alors je me suis cambrée pour lui faire comprendre mon envie.

J'ai reçu une fessée comme réponse.

— C'est moi qui décide !

Je ne percevais que quelques vagues sons,

et ses mains sur mon corps ; il m'avait privée de la vue et maintenant du plaisir absolu.

Il m'a lâché les poignets et s'est appuyé sur moi. Avec ses deux mains, il a saisi mes seins, il me faisait mal ; ses doigts les comprimaient comme deux pinces brûlantes.

— Doucement, j'ai murmuré.

— Non, ce sera comme je veux, et une autre claque, plus violente.

Il a roulé ma jupe sur mes hanches et il a dit :

— J'aurais voulu résister encore, mais je n'y arrive pas. Tu me provoques trop, je dois céder.

Il m'a pénétrée à fond d'un seul coup ; il m'a inondée de son excitation, de son ardeur incontrôlable.

Un orgasme puissant m'a chamboulé le corps. En m'appuyant contre le mur, je me suis râpé le dos. Il m'a retenue, je sentais sa respiration ; il était essoufflé, j'étais bien.

Nous sommes restés longtemps comme ça, j'aurais voulu que cela ne finisse jamais. Retourner dans la voiture a été comme un retour à la réalité, froide et cruelle. Une réalité qu'on ne pouvait pas fuir : lui et moi, l'union de nos âmes devait se terminer là, les circonstances ne permettront à aucun des deux d'être spirituellement ensemble.

Pendant le retour, alors que nous étions bloqués dans les embouteillages nocturnes de Catania, il a souri et m'a dit :

— Loly, je t'aime.

Il a pris ma main et l'a embrassée. Loly, pas Melissa. Il aime Loly ; Melissa, il en a jamais entendu parler.

4 avril 2002

Cher journal,

je t'écris depuis une chambre d'hôtel ; je suis en Espagne, à Barcelone, en voyage de classe. Je m'amuse bien même si ma prof aigrie et bornée me regarde de travers quand je dis que je ne veux pas visiter les musées, parce que c'est une perte de temps. Je déteste visiter un endroit juste pour connaître son histoire. Okay, bon, ça aussi c'est important, mais après j'en fais quoi ?

Barcelone, c'est tellement vivant et joyeux, avec une mélancolie derrière. On dirait une belle femme, séduisante, avec des yeux tristes et profonds. Comme moi. Je voudrais me promener la nuit dans les rues bondées de gens, pleines de bars. Mais ils m'obligent à passer mes soirées en discothèque, où, si tout va bien, je réussis à rencontrer quelqu'un qui n'est pas encore bourré. Je n'aime pas danser, ça me soûle.

Dans ma chambre, c'est le bordel : y'en a

un qui saute sur le lit, l'autre qui prépare la sangria, un autre qui vomit dans les chiottes d'à côté. Là j'y vais, Giorgio me tire le bras...

7 avril 2002

Avant-dernière journée, je ne veux pas rentrer à la maison. C'est ici ma maison ; je me sens à l'aise, protégée, heureuse. Les gens me comprennent même si je ne parle pas leur langue. C'est rassurant de ne pas avoir Fabrizio ou Roberto qui m'appellent et de ne pas avoir à trouver d'excuse pour les éviter. C'est agréable de parler jusque tard dans la nuit avec Giorgio, sans être obligée de me glisser dans son lit et de lui donner mon corps.

Où es-tu passé Narcisse, tu t'aimais tellement, tu souriais, tu voulais donner et recevoir. Où sont passés tes rêves, tes espoirs, tes désirs de vie et tes désirs de mort. Où est passé ton reflet dans le miroir, où est-ce que je peux te trouver, comment te garder ?

4 mai 2002

Aujourd'hui, à la sortie du lycée, il y avait Letizia. Elle est venue à ma rencontre, son visage tout rond avec des grandes lunettes de soleil comme celles de ma mère dans les années 70. Elle était avec deux filles, clairement lesbiennes. Une s'appelle Wendy, elle a mon âge, mais elle fait plus. Floriana, l'autre, est un peu plus jeune que Letizia.

— J'avais envie de te voir, m'a dit Letizia en me regardant droit dans les yeux.

— T'as eu raison de venir, moi aussi j'avais envie.

Pendant ce temps, les autres sortaient du lycée et s'installaient sur les bancs de la petite place ; ils nous observaient, intrigués, et parlaient en riant. Les dindes du lycée, coincées et aigries comme jamais, nous regardaient en faisant des grimaces. J'imaginais leurs commentaires : « Mais t'as vu celle-là avec qui elle va ? J'ai toujours dit qu'elle était bizarre... » et il y en avait une qui tripotait la petite tresse que sa maman lui avait faite avant d'aller à l'école.

Letizia a compris mon malaise et elle a demandé :

— On va déjeuner à l'asso, tu veux venir avec nous ?

— Quelle asso ?

— Des gays et lesbiennes. J'ai les clés, on sera seules.

J'ai dit d'accord et on est parti en scooter ; Letizia est montée derrière moi en serrant sa poitrine contre mon dos et en soufflant dans mon cou. On a tellement ri sur le trajet ; moi je penchais tout le temps dans les virages parce que j'ai pas l'habitude de prendre quelqu'un derrière ; elle tirait la langue aux petites vieilles en me serrant la taille.

L'asso gay, c'était un monde spécial. C'était comme une maison normale, une maison qui n'appartenait pas à une seule personne mais à toute la communauté gay. Il y avait tout, même des préservatifs rangés dans une grande boîte au milieu des livres. Sur la table, des revues gay, des revues de mode et un peu de médecine. Un chat se promenait dans la maison et se frottait aux jambes de tout le monde. Je l'ai caressé, comme je caresse Morino, mon beau chat que j'adore (en ce moment il est avec moi, en boule sur mon bureau, je l'entends ronronner).

On avait faim alors Letizia et Floriana ont proposé d'aller acheter des pizzas à côté. Tandis qu'elles partaient, Wendy m'a regardée avec son air ravi et son sourire d'abrutie. Elle marchait en sautillant un peu, on aurait dit un lutin fou. Comme j'avais pas envie de me retrouver seule avec elle, je suis sortie sur le pas de la porte et j'ai appelé Letizia en lui disant que je préférais l'accompagner. Que ça me soûlait de rester dedans. Elle a tout de suite compris et elle a demandé à Floriana de rester. On était en train d'attendre que les pizzas cuisent sans parler, quand j'ai dit :

— Putain, j'ai les doigts gelés !

Elle m'a regardée avec espièglerie et a dit :

— Mmmm... précieuse information, j'en tiendrai compte !

En rentrant, on a rencontré un copain de Letizia. Tout était tendre en lui : son visage, sa peau, sa voix. Ça m'a remplie de bonheur de le voir. Il est venu avec nous et on a discuté un peu sur le canapé pendant que les autres mettaient la table. Il m'a raconté qu'il travaille dans une banque (il avait une cravate trop originale qui tranchait avec l'univers froid de la banque). Sa voix était triste, mais ça m'a semblé indiscret de lui demander ce qu'il avait. Je me suis sentie dans le même état que lui. Et puis Gianfranco est parti et on est resté toutes les quatre autour de la table à papoter et à rigoler. Ou plutôt, il n'y avait que moi qui parlais, sans m'arrêter ; Letizia m'écoutait attentivement, parfois elle semblait étonnée quand je parlais d'un mec avec qui j'avais couché.

Plus tard, je me suis levée et suis allée dans le jardin, harmonieux mais pas très bien entretenu ; il y avait des palmiers, des arbres bizarres aux troncs épineux et des grandes fleurs aux pétales comme des cheveux mais roses. Letizia est venue et m'a enlacée par derrière, ses lèvres ont effleuré mon cou.

Je me suis retournée et j'ai rencontré sa bouche : chaude, douce et tellement moelleuse. Maintenant, je comprends pourquoi les hommes aiment tellement embrasser une femme. La bouche d'une femme, c'est innocent et pur alors que les hommes que j'ai embrassés m'ont toujours mis toute leur langue dans la bouche, en laissant une trace visqueuse de salive. Le baiser de Letizia était différent, il était velouté, frais et intense en même temps.

— Tu es la femme la plus belle que j'ai jamais eue, elle m'a dit en tenant mon visage entre ses mains.

— Toi aussi.

Je ne sais pas pourquoi j'ai répondu ça, vu que c'était ma seule femme !

Letizia a pris ma place et cette fois c'était moi qui menais le jeu, je frottais mon corps contre le sien. Je l'ai serrée fort en respirant l'odeur de son parfum, et puis elle m'a emmenée dans l'autre pièce. Elle a enlevé mon pantalon et elle a mis fin à la douce torture qu'elle avait déclenchée il y a quelques semaines. Sa langue me faisait fondre, mais l'idée d'éprouver un orgasme par la bouche d'une femme me faisait frissonner. Sa langue me léchait, elle était à genoux sous moi, occupée par mon plaisir, j'ai fermé les yeux et j'ai repensé au petit homme invisible qui faisait l'amour avec moi dans mes rêves d'enfant. Le petit homme invisible n'a pas de visage, pas de couleurs, c'est juste un sexe et une langue qu'on utilise à sa guise. C'est là que mon orgasme est arrivé, puissant et haletant. Sa bouche était pleine de mes humeurs ; quand j'ai ouvert les yeux, surprise merveilleuse, je l'ai vue une main dans sa culotte qui se tordait de plaisir comme moi ; pour elle, c'était peut-être plus conscient et plus sincère que moi.

Après on s'est allongé sur le canapé et je crois que j'ai dormi un peu. Le soleil était couché et le ciel déjà noir quand elle m'a raccompagnée à la porte et que je lui ai dit :

— Leti, ce serait mieux qu'on se voie plus.

Elle a acquiescé avec un léger sourire :

— C'est ce que je pense aussi, elle a répondu.

On s'est embrassé une dernière fois. En rentrant chez moi en scooter, je me suis sentie vidée une fois de plus, vidée par quelqu'un d'autre et par mes mauvais instincts.

18 mai 2002

J'ai l'impression d'entendre encore la voix chaude et réconfortante de ma mère qui me racontait hier cette histoire. J'étais au lit parce que j'avais la grippe.

« Une chose difficile et qu'on ne désire pas peut devenir un présent. Tu sais, Melissa, souvent nous recevons des cadeaux sans le savoir. Ce conte, c'est l'histoire d'un jeune souverain qui fut amené à gouverner un royaume ; ses sujets, qui l'aimaient avant même qu'il soit roi, lui apportèrent de nombreux cadeaux pour célébrer son couronnement. Après la cérémonie, le nouveau roi dînait dans son palais ; on entendit frapper à la porte. Les serviteurs ouvrirent et trouvèrent un vieil homme vêtu comme un mendiant qui voulait voir le souverain. Ils firent tout leur possible pour le dissuader, en vain. Alors le roi sortit pour le rencontrer ; le vieil homme fit son éloge, lui dit qu'il était magnifique et que tout le monde dans le royaume était heureux de l'avoir comme souverain. Il lui avait apporté un melon en cadeau ; le roi détestait les melons mais, pour être gentil avec le vieil homme, il l'accepta et le remercia. L'homme s'en alla content. Le roi rentra dans son palais et confia le melon aux serviteurs pour qu'ils le jettent au fond du jardin.

La semaine suivante à la même heure, on frappa encore à la porte. Le roi fut de nouveau appelé, le mendiant fit son éloge et lui offrit un autre melon. Le roi l'accepta, salua le vieil homme, et de nouveau, il jeta le melon au fond du jardin. La scène se répéta pendant plusieurs semaines : le roi était trop gentil pour repousser le vieil homme et pour refuser la générosité de son cadeau.

Et puis un soir, juste au moment où le mendiant donnait le melon au roi, un singe sauta d'une arcade du palais et fit tomber le fruit de ses mains ; le melon éclata. Le roi découvrit une pluie de diamants tomber du cœur du melon. Il courut au fond du jardin : tous les melons avaient pourri autour d'une petite colline de bijoux. »

J'ai interrompu ma mère et j'ai dit, enthousiasmée par la belle histoire :

— Je peux tirer la morale du conte ?

Elle m'a souri.

— Bien sûr.

J'ai pris ma respiration comme chaque fois que je me prépare pour réciter une leçon en cours :

— Parfois, les situations gênantes, les difficultés cachent des opportunités pour grandir ; très souvent au cœur d'un problème, brille la lumière d'un bijou précieux. C'est pourquoi il est sage d'accepter ce qui est inconfortable et difficile.

Elle a souri de nouveau, m'a caressé la tête et a dit :

— Tu as grandi, ma petite. Tu es une princesse.

J'avais envie de pleurer mais je me suis retenue. Ma mère ne sait pas que, pour moi, les diamants du roi ont été la bestialité cruelle d'hommes rudes et incapables d'amour.

20 mai 2002

Aujourd'hui mon prof est encore venu me voir à la sortie du lycée. Je l'attendais, je lui ai donné une lettre avec une culotte un peu particulière.

Cette culotte c'est moi. C'est la chose qui me caractérise le mieux. Elle ne peut appartenir qu'à une petite Lolita, avec ses deux jolis rubans.

Mais en plus de m'appartenir, c'est moi et mon corps.

Il m'est arrivé plusieurs fois de la porter pour faire l'amour, peut-être avec toi, mais ça ne fait rien... Ces rubans contrarient mes instincts et mes sens, ce sont des liens qui, en plus de laisser une marque sur ma peau, étouffent mes sentiments... Imagine mon corps nu juste avec cette culotte : un nœud se défait, seule une partie de moi se libère, la Sensualité. L'Amour est encore contrarié par le nœud de gauche. Celui qui a défait le côté de la Sensualité verra seulement la femme ou la petite fille qui sait faire l'amour, rien de plus. Il me possède à moitié et c'est proba-

blement ce que je cherche dans la majorité des cas. Si quelqu'un délace juste le côté de l'Amour, là aussi je ne donnerai qu'une partie de moi, une partie infime mais profonde. Et puis un jour dans la vie, arrive le geôlier qui t'offre les deux clés pour les libérer : la Sensualité et l'Amour sont libres, ils volent. Tu te sens bien, libre et sereine ; ton corps et ton esprit ne demandent plus rien, ils ne te tourmentent plus. Comme un tendre secret, ce qui les libère c'est une main qui sait comment te caresser, comment te faire vibrer ; et la seule pensée de cette main te remplit de chaleur.

Maintenant, respire cette partie de moi qui est exactement entre Amour et Sensualité : c'est mon Âme qui exhale ses humeurs.

Tu avais raison de dire que je suis née pour faire l'amour ; tu vois, même mon Âme a envie d'être désirée et exprime son odeur, une odeur de femme. Peut-être que la main qui a libéré mes esprits est la tienne.

Et j'ose dire que seul ton odorat a été capable de cueillir mes humeurs, mon Âme. Ne me gronde pas pour ça, si je me suis compromise c'est parce que je sens que je dois le faire et que plus tard je ne regretterai rien. Cette chose grince en moi comme une porte mal huilée, son bruit est assourdissant. Dans tes bras, je n'ai plus de limites, ni de chaînes. Mais les esprits dans leur envol rencontrent un obstacle : le mur injuste du temps qui passe trop lentement pour l'un, trop vite pour l'autre. Une série de chiffres qui nous mettent à distance. J'espère que ton intelligence mathématique te permettra de résoudre la terrible équation. Mais ce n'est pas seulement ça : tu ne connais qu'une partie de moi, même si tu as libéré les deux. Et ce n'est pas celle-là que je veux faire vivre, pas seulement. C'est à toi de décider si tu veux changer notre relation, lui donner une note un peu plus... intérieure, plus profonde. J'ai confiance en toi.

Ta Melissa

23 mai 2002
15 h 14

Où est Valerio ? Pourquoi est-ce qu'il m'a quittée sans même m'embrasser ?

29 mai 2002
2 h 30

Je pleure, cher journal, je pleure de joie. J'ai toujours su que le bonheur existait. Je l'ai cherché dans tellement de lits, chez tellement d'hommes, même chez une femme, je l'ai cherché en moi et ensuite je l'ai perdu par ma faute. Et dans l'endroit le plus banal et anonyme, je l'ai trouvé. Pas dans une personne, mais dans son regard. Je suis allée avec Giorgio et d'autres dans un nouveau bar en bas de chez moi, à cinquante mètres de la mer. C'est un resto marocain, il y a des spectacles de danse du ventre et puis des coussins par terre, des tapis, des bougies et un parfum d'encens. C'était bondé, alors on a décidé d'attendre qu'une table se libère.

Pendant ce temps, je pensais au coup de fil de Fabrizio qui s'était mal terminé ; je lui avais dit que je ne voulais rien de lui, que je ne voulais plus le revoir. Il s'est mis à pleurer et m'a répondu qu'il me donnerait tout, en précisant : de l'argent, plein d'argent. « Si c'est ça que tu veux donner à une personne, c'est pas vraiment à moi de le recevoir. Je te remercie quand même pour la proposition », et puis je lui ai raccroché au nez ; après je n'ai pris aucun de ses appels et je ne les prendrai plus jamais. Je le jure. Je hais cet homme : c'est un ver, il est sale, je ne veux plus me donner à lui.

Je pensais à tout cela, et à Valerio. Je devais avoir les sourcils froncés et les yeux fixés sur un point dans le vide. Et puis, en me détachant de ces pensées désagréables, j'ai croisé un regard qui me fixait depuis je ne sais combien de temps. Il était doux et léger. Les yeux étaient profonds et sincères. Cette fois je ne me suis pas fait d'illusion, je n'ai pas inventé des rêves pour me faire souffrir ou me punir, cette fois j'y ai vraiment cru, je les voyais ses yeux, ils étaient là, ils me fixaient, ils semblaient dire qu'ils voulaient m'aimer et vraiment me connaître. Peu à peu, j'ai commencé à mieux observer le garçon : il était assis en tailleur, une cigarette dans la main, il avait des lèvres charnues, un nez un peu prononcé et des yeux de prince arabe. Ce qu'il était en train de m'offrir c'était quelque chose pour moi. À moi. Il n'en regardait aucune autre, seulement moi ; et pas comme les autres hommes, il le faisait avec sincérité et honnêteté.

Je ne sais pas pourquoi mais j'ai eu un fou rire, je ne pouvais pas me retenir ; mon bonheur était tellement grand qu'il ne pouvait pas se limiter à un sourire. Giorgio me considérait amusé, il m'a demandé ce que j'avais. D'un geste de la main je lui ai dit de ne pas s'inquiéter et je me suis accrochée à lui pour justifier mon brusque déchaînement. Je me suis tournée et j'ai vu que le garçon me souriait ; c'est là que je me suis calmée : « Melissa attention, tu veux le faire fuir ? Montre-lui bien que tu es crétine et arriérée... et surtout couche avec lui tout de suite, ne le fais pas attendre ! »

Puis une fille est passée près de lui et lui a

caressé les cheveux ; il l'a regardée un peu et puis s'est décalé pour me voir mieux.

Giorgio m'a interrompue :

— Meli, on va ailleurs. J'ai trop la dalle, j'ai pas envie d'attendre.

— Allez, juste dix minutes, ça va se libérer ! j'ai répondu parce que je ne voulais pas me détacher de ce regard.

— C'est quoi ce délire ? T'as un mec sur le feu ?

J'ai souri un peu et j'ai dit oui.

— On en a parlé longtemps de ce truc-là, vis un peu tranquille d'abord. Les choses belles arriveront toutes seules.

— Cette fois, c'est différent. Allez...

Il a soupiré et m'a dit qu'ils allaient faire un tour dans les restos à côté, s'il y avait de la place, c'était clair, fallait que je vienne.

— Okay ! j'ai dit, sûre qu'à cette heure-là ils ne trouveraient rien.

Je me suis remise à la même place et j'ai essayé le plus possible de l'éviter. À un moment, il s'est levé et je crois que mon visage est devenu rouge écarlate, je ne savais pas quoi faire. Alors je me suis retournée vers la rue et j'ai fait semblant d'attendre quelqu'un en observant toutes les voitures qui passaient ; le vent de la mer faisait voleter mon pantalon de soie indienne.

J'ai entendu dans mon dos une voix chaude et profonde :

— Qu'est-ce que tu attends ?

Tout à coup, j'ai pensé à une vieille comptine que j'avais lue petite dans un conte que mon père m'avait rapporté d'un voyage. Je l'ai répétée spontanément en me tournant vers lui :

— J'attends, j'attends dans la nuit noire, ouvrant la porte à l'inconnu. Les mauvais jours mènent au soir, où vient celui qu'on n'attend plus.

On est resté silencieux, et sérieux, et puis on a éclaté de rire. Il m'a tendu la main et je l'ai serrée doucement mais avec détermination.

— Claudio, il a dit en continuant à me fixer.

— Melissa, j'ai réussi à articuler je sais pas comment.

— C'était quoi ce que tu as dit avant ?

— Quoi... ? Ah oui, avant ! C'est une comptine dans une histoire, je la connais par cœur depuis que j'ai sept ans.

Il a hoché la tête comme pour dire qu'il avait compris. Encore un silence, un silence un peu paniqué. Mon ami sympa et maladroit l'a interrompu :

— On a trouvé un endroit, viens, on t'attend !

— Je dois y aller, j'ai dit doucement.

— Tu m'ouvriras ta porte... ?

Je l'ai regardé étonnée de son audace qui

n'était pas prétentieuse, juste une envie que tout ne s'arrête pas là.

J'ai dit oui, je crois que mes yeux brillaient tellement j'étais émue.

— Tu me verras souvent ici ; j'habite juste au-dessus ! j'ai dit en lui montrant mon balcon.

— Alors je te dédierai une sérénade, il a blagué en m'adressant un clin d'œil.

On s'est dit au revoir et malgré mon envie, je ne me suis pas retournée pour le regarder encore une fois. Je craignais de tout gâcher.

Et puis Giorgio m'a demandé qui c'était.

— Celui qu'on n'attend plus...

— Hein ?

Je lui ai pincé la joue et j'ai dit :

— Tu le découvriras vite, sois tranquille.

4 juin 2002
18 h 20

Pas de blague ! Il m'a vraiment dédié une sérénade ! Les gens passaient et regardaient intrigués. Moi, du balcon, je riais comme une folle : un homme un peu gros et rougeaud jouait sur une guitare usée et lui chantait faux comme une casserole mais c'était irrésistible. La chanson aussi était irrésistible, elle m'a émue jusqu'aux larmes. C'était l'histoire d'un homme qui pense à son aimée et n'arrive plus à dormir, la mélodie était déchirante. Cela ressemblait à ça :

Je me retourne et je soupire
Je passe mes nuits sans dormir.
À te contempler mon amour
Je pense à toi la nuit le jour.
Je ne sommeille jamais, à cause de toi.
Mon cœur douloureux ne trouve plus la paix.
Veux-tu savoir quand je t'oublierai ?
Quand ma vie finira.

C'était un beau geste. Une façon de faire une cour subtile, banale si on veut, mais romantique.

Quand il a eu terminé, j'ai crié du balcon :

— Et maintenant qu'est-ce que je devrais faire ? Je crois que je dois allumer la lumière si j'accepte. Sinon je dois rentrer et éteindre.

Il n'a pas répondu mais j'ai compris ce que j'allais faire. Dans le couloir j'ai croisé mon père (j'ai failli le faire tomber !) qui m'a demandé qui était celui qui chantait. J'ai dit en riant que je ne savais pas moi-même.

J'ai descendu les escaliers à toute vitesse, comme j'étais, en short et en T-shirt, j'ai ouvert la porte et puis je me suis arrêtée net. Courir vers lui et le prendre dans mes bras ou bien lui sourire et le remercier en lui serrant la main ? Je suis restée immobile devant la porte, il a compris que je ne m'approcherais pas s'il ne faisait pas un geste.

— On dirait un poussin effrayé... Excuse-moi si j'ai été envahissant, mais c'était plus fort que moi.

Il m'a prise dans ses bras et j'ai laissé les miens faire ce qu'ils voulaient. Je ne suis pas parvenue à imiter son geste.

— Melissa, tu veux bien que je t'invite à dîner ce soir ?

J'ai hoché la tête et je l'ai embrassé sur la joue. Je suis remontée chez moi.

— Mais c'était qui ?

— Personne, maman, personne...

0 h 45

On a parlé de nous. On s'est dit plus que ce que j'imaginais pouvoir dire et entendre. Il a vingt ans, il est en lettres ; il a un air vif et intelligent qui lui donne un charme incroyable. Je l'écoutais attentivement, j'aime bien le regarder parler. Je sens un nœud dans ma gorge, dans mon ventre ; je me sens repliée sur moi-même presque comme la tige d'une fleur mais je ne me suis pas brisée. Claudio est bienveillant, serein et rassurant. Il m'a dit qu'il a déjà connu l'amour mais qu'après il lui a filé entre les doigts.

— Et toi qu'est-ce que tu me racontes ?

Je me suis ouverte, j'ai ouvert un petit rayon de lumière qui a traversé le brouillard dense de mon âme. Je lui ai parlé un peu de moi et de mes histoires malheureuses ; mais je n'ai rien dit du tout de mon désir de découvrir un sentiment véritable.

Ses yeux étaient attentifs et un peu tristes.

— Je suis content que tu m'aies raconté ton passé. Ça renforce l'idée que je me suis faite de toi.

— Quelle idée ?

J'avais peur qu'il m'accuse d'être trop facile.

— Que tu es une fille, excuse-moi, une femme qui a traversé certaines expériences pour réussir à être ce qu'elle est, à avoir ce regard. Melissa, je n'ai jamais rencontré une femme comme toi... je passe d'un sentiment à un autre, de la tendresse à un charme mystérieux et irrésistible.

Ses phrases étaient interrompues de longs silences durant lesquels il me dévorait des yeux.

— Tu ne me connais pas encore assez pour le dire. Tu pourras ne ressentir qu'un seul des sentiments dont tu as parlé, ou bien aucun.

— Oui, c'est vrai. Mais je veux essayer de te connaître, tu me le permets ?

— Bien sûr ! j'ai dit en lui prenant la main.

J'avais l'impression d'être dans un rêve,

cher journal, dans un rêve magnifique, qui n'aurait pas de fin.

1 h 20

Je viens de recevoir un message de Valerio. Il dit qu'il veut me voir. Mais maintenant son image est devenue lointaine. Je le sais, il me suffirait de faire l'amour avec lui une dernière fois pour me rendre compte de ce que je veux vraiment et de qui est Melissa, un monstre ou une personne capable de donner et de recevoir de l'amour.

10 juin 2002

Génial, les cours sont finis ! Cette année, mes résultats ont été plutôt décevants, je ne me suis pas beaucoup impliquée et les profs n'ont pas essayé de me comprendre. Le passage je l'ai quand même obtenu, ils ont évité de me détruire complètement.

Cet après-midi, j'ai vu Valerio, il m'avait demandé de le rejoindre au Bar Epoca. J'y suis allée à toute vitesse, en me disant que ce serait l'occasion pour moi de savoir ce que je voulais. En arrivant, j'ai freiné d'un coup. Mes pneus ont crissé sur l'asphalte, et tout le monde m'a regardée. Valerio était installé à une table, il observait en souriant mes moindres gestes. J'ai essayé de me donner une contenance en marchant lentement et en prenant un air sérieux.

Je suis allée jusqu'à sa table en me déhanchant.

— Loly, t'as pas vu comment ils te regardent tous ?

— Non, je ne réponds pas toujours aux regards.

Un homme s'est approché de Valerio, il était un peu bourru avec un air mystérieux. On m'a dit qu'il s'appelait Flavio. Je l'ai scruté, il m'a arrêtée en disant :

— Ta petite a les yeux trop beaux et trop fourbes pour son âge.

Je n'ai pas laissé Valerio répondre et j'ai pris la parole :

— Tu as raison Flavio. On sera que nous trois ou il y en aura d'autres ?

Je vais à l'essentiel maintenant, je n'aime pas les paroles de politesse et les sourires quand il n'y a qu'un seul but. Flavio, un peu embarrassé, a regardé Valerio et a dit :

— Elle est capricieuse, mais il vaut mieux faire ce qu'elle dit... Tu vois Melissa, on voulait te convier à une soirée particulière, Valerio et moi. Il m'a parlé de toi, ton âge m'a bloqué un peu mais, maintenant que je te connais... ben, j'accepte et je suis très curieux de te voir à l'œuvre.

J'ai simplement demandé quel âge il avait. Il m'a répondu qu'il en avait trente-cinq. Je pensais qu'il en avait plus mais je l'ai cru.

— Ce serait quand cette petite soirée particulière ? j'ai demandé.

— Samedi prochain, à 22 heures, dans une villa près de la mer. Je viendrai te chercher. Avec Valerio je veux dire...

— Dans le cas où je dirais oui, j'ai interrompu.

— Bien sûr, si tu acceptes.

Quelques secondes de silence et puis j'ai demandé :

— Je dois m'habiller d'une certaine façon ?

— Faut pas qu'on voie trop ton âge. Ils pensent tous que tu en as dix-huit, a répondu Flavio.

— Qui ça tous ? Ils sont combien ?

— On sait pas le nombre exact, il y a cinq couples sûrs. On sait pas encore si d'autres gens vont venir.

J'ai décidé de participer ; je suis désolée pour Claudio, mais je ne suis pas sûre qu'une fille comme moi soit capable de l'aimer. Je ne pense pas être celle qui le rendra heureux.

15 juin 2002

Non, je ne suis pas la fille qui le rendra heureux. Je ne le mérite pas. Il n'arrête pas de m'appeler et de m'envoyer des textos. Voilà, je l'abandonne. Je ne lui réponds pas, je l'ignore complètement. Il en aura marre et cherchera le bonheur ailleurs. Mais alors pourquoi j'ai tellement peur ?

17 juin 2002

On s'est dirigé vers l'endroit du rendez-vous sans rien dire. C'était une petite villa sur l'autre partie de la côte, là où les rochers s'effritent et deviennent du sable. On est passé sous un énorme porche en fer et j'ai compté les voitures garées sur le chemin, il y en avait six.

— On est arrivé, ma douce.

Flavio me soûle à mort avec ses expressions... Comment il se permet de m'appeler ma douce, ma chérie, petite... je le tuerais !

Une femme d'environ quarante ans, séduisante et parfumée nous a ouvert la porte. Elle m'a dévisagée des pieds à la tête et a adressé un regard d'approbation à Flavio qui a légèrement souri. On a traversé un long couloir dont les murs étaient couverts de tableaux abstraits. En entrant dans la pièce, une dizaine de regards se sont tournés vers moi et j'ai ressenti un profond embarras. Il y avait surtout des hommes, cravatés et distingués ; certains, peu nombreux, portaient un petit masque pour cacher leur visage. Quelques femmes se sont approchées et m'ont posé des questions ; j'ai raconté les mensonges que Valerio avait inventés pour moi. Mon prof est venu près de moi et m'a murmuré :

— Je suis tellement impatient... je veux te lécher, te pénétrer toute la nuit et puis te regarder pendant que tu le fais avec les autres.

J'ai tout de suite pensé à Claudio : il ne pourrait pas avoir envie de me voir coucher avec quelqu'un d'autre.

Flavio m'a apporté un verre de crème de whisky et ça m'a rappelé il y a quelques mois. Je suis allée près du piano, et j'ai repensé à comment j'avais largué Roberto quelques jours auparavant. Je l'avais menacé de tout raconter à sa petite copine s'il n'arrêtait pas de m'appeler et s'il ne disait pas à ses copains de fermer leur gueule sur moi. Ça a marché, il ne rappelle plus !

À un moment, un homme d'environ trente ans s'est approché d'un pas léger ; il avait de grands yeux bleu-vert et des lunettes rondes, son visage était marqué mais beau. Il m'a dévisagée et a dit :

— Salut, c'est toi dont on a tellement parlé ?

— Ça dépend qui t'en a parlé... qu'est-ce qu'on t'a dit en particulier ?

— Ben... nous savons que tu es très jeune, même si personnellement je pense que tu n'as pas encore dix-huit ans. Pas parce que tu ne les fais pas mais parce que je le sens... En tout cas, il paraît que tu as participé plusieurs fois à des soirées comme celle-là, qu'avec des hommes par contre...

J'ai rougi et j'ai eu envie de m'enfoncer dans le sol :

— Qui te l'a dit ?

— Quelle importance ? Les bruits courent... tu es une belle petite cochonne, hein ?

J'ai essayé de rester calme et de rentrer dans le jeu pour ne pas tout gâcher.

— Je n'ai jamais aimé les étiquettes. J'ai accepté parce que je voulais...

Il savait bien que je mentais, il a affirmé :

— Évidemment qu'elles existent les étiquettes ; il y a des gens qui ont une vie linéaire et ordonnée, pour d'autres, c'est plus tortueux et capricieux...

— Alors ma vie est un mélange..., j'ai répondu impressionnée par sa réponse.

Valerio s'est approché de moi et m'a demandé de le rejoindre sur le canapé. Je me suis excusée auprès de l'homme, en évitant de le saluer vu que, durant la soirée, on risquait de se retrouver l'un dans l'autre.

Sur le canapé, il y avait un homme musclé et deux femmes plutôt vulgaires, trop maquillées aux cheveux blond platine. Le prof et moi on était au milieu de ce grand canapé ; il a commencé à me caresser un sein sous mon T-shirt, j'ai tout d'un coup été honteuse et gênée.

— Attends, Valerio... On doit vraiment commencer, nous ?

— Et pourquoi pas ? T'aimes pas ?

Il me mordait le lobe de l'oreille. Le mec musclé a déclaré d'un ton prétentieux :

— Non, elle aime ça... C'est écrit sur son front.

— À quoi tu vois ça ? j'ai répliqué avec un air de défi.

Il n'a pas répondu, il a juste plongé une main entre mes cuisses en m'embrassant avec ferveur. Je commençais à me lâcher, cette violence débile m'entraînait de nouveau. J'ai soulevé un peu les fesses pour l'embrasser et mon prof en a profité, il m'a caressé le cul d'abord doucement, puis plus sèchement. Pour moi, les gens autour n'existaient plus, même s'ils étaient là à me regarder, à attendre qu'un des deux hommes me pénètre. Pendant que le mec m'embrassait, une des femmes l'a pris par la taille et l'a embrassé dans la nuque. À un moment, Valerio a soulevé ma jupe ; ils admiraient tous mon cul et mon sexe carrément exposés sur un canapé inconnu au milieu de gens inconnus.

J'étais cambrée et je m'offrais à lui pendant que le type devant moi saisissait mes tétons et les serrait fort. Un homme qui s'était approché pour sentir mon odeur a dit :

— Mmmm... tu sens bon comme une jeune pêche, tu es douce et lisse comme une pêche à peine lavée, toute fraîche.

La jeune pêche mûrira ; d'abord elle perdra sa couleur donc sa saveur, après sa peau sera molle et creusée. À la fin elle pourrira et les vers suceront toute sa pulpe.

J'ai ouvert grand les yeux, j'ai rougi et je me suis tournée vers mon prof.

— On s'en va, je ne veux pas.

Ça s'est passé juste au moment où mon corps allait s'abandonner... Pauvre Flavio, pauvre monsieur muscle, pauvres gens et pauvre de moi aussi. Je les ai tous glacés. Je me suis rhabillée en vitesse et les larmes aux yeux j'ai couru dans le long couloir. J'ai ouvert la porte et me suis réfugiée dans la voiture. Les vitres étaient recouvertes de buée à cause de l'humidité qui enveloppait la maison. Et qui m'enveloppait moi aussi.

Pendant le trajet, il n'y a pas eu un mot. Quand je suis arrivée devant chez moi, j'ai demandé :

— Tu ne m'as encore rien dit sur la lettre.

Un silence et puis :

— Adieu, Lolita.

20 juin 2002
6 h 50

J'ai posé les lèvres sur le combiné et j'ai entendu sa voix encore ensommeillée. J'ai murmuré doucement :

— C'est pour toi que je veux vivre.

24 juin 2002

C'est la nuit, et je suis sur la terrasse chez moi ; je regarde la mer.

Il fait si calme, si doux ; la chaleur atténue les vagues et j'entends leur bruit au loin, un bruit tranquille et délicat... La lune est un peu cachée, on dirait qu'elle me regarde avec un air compatissant et indulgent.

Je lui demande ce que je dois faire.

Elle me répond qu'il est difficile d'effacer les blessures du cœur. Mon cœur... j'avais oublié que j'en avais un. Peut-être que je ne l'ai jamais su.

Au cinéma, jamais une scène bouleversante ne m'a émue, jamais une chanson ne m'a troublée et toujours je n'ai cru à l'amour qu'à moitié, pensant qu'il était impossible de vraiment le connaître. Je n'ai jamais été cynique, non. Seulement, personne ne m'a appris à laisser venir l'amour que je gardais caché en moi, bien dissimulé. Il se trouvait quelque part, il fallait le trouver. Moi, je l'ai cherché en projetant mon désir dans un univers où l'amour est banni. Et personne, je dis bien personne, ne m'a empêchée d'entrer en disant : « Non, petite, ici on ne passe pas. »

Mon cœur était dans une prison de glace. C'était dangereux de la détruire d'un coup ; mon cœur aurait été abîmé pour toujours.

Mais, un jour, le soleil arrive. Pas le soleil brûlant de Sicile, mais un soleil discret, généreux qui fait doucement fondre le gel sans inonder d'un coup mon âme desséchée.

Au début, j'ai pensé qu'il fallait lui demander quand est-ce qu'on ferait l'amour mais, au moment où j'allais le dire, je me suis mordu les lèvres. Il a compris que quelque chose n'allait pas.

— Qu'est-ce qu'il y a, Melissa ?

Il m'appelle par mon nom. Pour lui je suis Melissa. Je suis la personne, l'être. Pas l'objet ou le corps.

— Rien, Claudio, vraiment.

Alors il a pris ma main et l'a posée sur sa poitrine. J'ai pris une inspiration et j'ai balbutié :

— ... Je me demandais quand tu voudrais faire l'amour...

Il n'a rien dit, j'étais morte de honte, j'ai senti mes joues devenir toutes rouges.

— Non, Melissa. Non, mon trésor... ce n'est pas moi qui dois décider quand on fera l'amour. On le décidera ensemble. Ce sera toi et moi, ensemble.

Je le regardais stupéfaite, il a compris que mon regard égaré lui demandait de continuer.

— Parce que, tu vois... quand deux personnes font l'amour c'est le summum de la spiritualité, et elles ne peuvent l'atteindre que si elles s'aiment. Comme si un tourbillon enveloppait leur corps. Alors personne n'est plus lui-même, chacun est dans l'autre, dans son monde le plus intime, le plus intérieur, le plus beau.

Je lui ai demandé ce qu'il voulait dire.

— Je t'aime, Melissa.

Pourquoi cet homme connaît si bien ce que je croyais impossible à trouver il y a encore quelques jours ? Pourquoi la vie m'a réservé des choses mauvaises, sales et brutales jusqu'à aujourd'hui ? Ce garçon extraordinaire peut me tendre la main et me sortir du gouffre étroit et fétide dans lequel je m'étais réfugiée par peur... Lune, selon toi, est-ce qu'il peut accomplir cela ?

Les blessures ont du mal à s'effacer. Mais peut-être que mon cœur pourra battre si fort qu'il cassera en mille morceaux la cuirasse qui l'enferme.

30 juin 2002

Je me sens pieds et poings liés par une corde invisible. Je suis suspendue en l'air. En bas quelqu'un tire et crie avec une voix infernale, tandis que quelqu'un d'autre tire d'en haut. Moi, je tressaille et je pleure, parfois je touche les nuages, d'autres fois ce sont les vers de terre. Je me répète mon nom : Melissa, Melissa, Melissa... comme une parole magique qui pourrait me sauver. Je m'agrippe à moi-même, je m'accroche.

7 juillet 2002

J'ai repeint ma chambre. Maintenant elle est bleu ciel ; au-dessus de mon bureau, il n'y a plus le regard langoureux de Marlène Dietrich mais une photo de moi les cheveux au vent qui regarde les barques du port. Derrière moi, il y a Claudio qui me tient par la taille et se penche sur mon épaule pour m'embrasser. Il n'a pas l'air de voir les barques, on dirait qu'il contemple ce que nous sommes.

Une fois la photo prise, il m'a murmuré à l'oreille :

— Melissa, je t'aime.

Alors j'ai appuyé ma joue contre la sienne, j'ai respiré profondément pour bien goûter ce moment. J'ai pris son visage entre mes mains et je l'ai embrassé avec une délicatesse que je ne me connaissais pas.

— Moi aussi, je t'aime, Claudio...

Un frisson brûlant a traversé mon corps jusqu'à ce que je m'abandonne dans ses bras et il m'a serrée plus fort en m'embrassant avec une ardeur qui n'était pas une envie de sexe. Mais une envie d'amour.

J'ai beaucoup pleuré.

— Aide-moi mon amour, je t'en prie.

— Je suis là pour toi, je suis là pour toi...

Il me serrait fort dans ses bras, comme personne ne l'avait jamais fait.

13 juillet 2002

On a dormi sur la plage, enlacés. On s'est réchauffé dans les bras l'un de l'autre ; sa noblesse d'âme et son respect me font vibrer.

Est-ce que je parviens à lui rendre toute cette beauté ?

24 juillet 2002

J'ai peur, j'ai tellement peur.

30 juillet 2002

Je m'échappe et il me rattrape. C'est tellement doux de sentir ses bras qui m'étreignent sans m'oppresser... Je pleure souvent et chaque fois il me tient serrée contre lui ; il respire mes cheveux et je pose mon visage contre son torse. La tentation, c'est fuir, retomber dans l'abîme, traverser de nouveau le tunnel et ne jamais en sortir. Mais ses bras me soutiennent, j'ai confiance en eux ; je peux encore être sauvée...

12 août 2002

Mon désir pour lui est si fort et si vibrant. Je ne peux pas m'empêcher d'être avec lui. Il m'enlace et me demande à qui je suis.

— À toi. Entièrement à toi.

Il me regarde dans les yeux.

— Petite, ne te fais plus de mal. Tu m'en ferais trop.

— Je ne te ferais jamais de mal.

— Tu ne dois pas le faire pour moi, mais pour toi avant tout. Tu es une fleur, ne les laisse plus jamais te piétiner.

Il m'embrasse en effleurant doucement mes lèvres, et m'emplit d'amour.

Je souris, je suis heureuse.

— Voilà, maintenant je dois t'embrasser, je dois te voler ce sourire et l'imprimer pour toujours sur mes lèvres. Tu me rends fou, tu es un ange, une princesse, je voudrais consacrer cette nuit à t'aimer.

Dans le lit blanc, nos corps adhèrent parfaitement. Sa peau et la mienne s'unissent et, ensemble, nous devenons force et douceur. Nous nous regardons dans les yeux pendant qu'il glisse lentement en moi, sans me faire de mal parce qu'il dit que mon corps ne doit pas souffrir, qu'il doit être aimé. Je l'entoure de mes bras et de mes jambes, son souffle s'unit au mien, nos doigts s'emmêlent et son plaisir se confond inexorablement au mien.

Je m'endors sur son torse, mes cheveux lui couvrent le visage, il est heureux. Il m'embrasse mille fois sur la tête. Je murmure :

— Promets-moi... promets-moi une chose : on ne se séparera jamais, promets-le.

Encore du silence, il me caresse le dos et des frissons irrésistibles me parcourent ; il entre de nouveau en moi et mes hanches se collent aux siennes.

— Il y a deux choses nécessaires pour que tu ne me perdes pas et pour que je ne te perde pas, me dit-il. Tu ne devras pas te sentir prisonnière ni de moi, ni de mon amour. De rien. Tu es un ange qui doit voler librement ; tu ne devras jamais me permettre d'être le seul but de ta vie. Tu seras une grande femme. D'ailleurs tu l'es déjà.

Je lui demande quelle est la seconde chose.

— De ne jamais te trahir toi-même, parce que tu te ferais du mal et tu m'en ferais aussi. Je t'aime et je t'aimerai aussi quand nos chemins se sépareront.

Nos plaisirs s'unissent et je ne peux pas m'empêcher de serrer fort mon Amour, de ne jamais plus le laisser partir, jamais.

Je me rendors, la nuit passe et le soleil me réveille. Sur l'oreiller un petit mot de lui :

> *Que tu aies dans ta vie la joie la plus pleine et parfaite. Et que j'en fasse partie, tant que tu le souhaiteras. Sache, dès maintenant, que, moi, je le voudrai toujours, même quand tu ne te retourneras plus en arrière pour me regarder. Je suis allé chercher le petit déjeuner, j'arrive.*

J'ouvre un seul œil et j'observe le soleil ; les sons parviennent doucement à mes oreilles. Les barques des pêcheurs accostent après une nuit en mer. Un voyage dans l'inconnu. Une larme traverse mon visage. Je souris quand sa main effleure mon dos nu, qu'il m'embrasse dans la nuque. Je le regarde. Et je comprends, maintenant je sais.

J'ai terminé mon voyage dans la forêt, j'ai réussi à m'échapper de la tour de l'ogre, des griffes de l'ange de la tentation et de ses diables, j'ai fui devant le monstre androgyne. Et je suis arrivée dans le château du prince arabe, qui m'attendait assis sur un coussin en velours. Il m'a enlevé mes habits usés et m'a donné des habits de princesse. Il a appelé ses servantes pour me coiffer, et puis il m'a embrassée sur le front en disant qu'il me regarderait dormir. Une nuit nous avons fait l'amour et, quand je suis rentrée chez moi, j'ai vu que mes cheveux brillaient encore, que mon maquillage était intact. Une princesse, comme dit toujours ma mère, si belle que même les rêves voudraient la ravir.

Les abîmes du désir

Entre Ses mains

Marthe Blau

Elle est avocate, elle a trente ans, un petit garçon, et n'a jamais trompé son mari. Pourtant, elle bascule un jour dans la spirale du désir, succombant au charme, puis aux exigences d'un de ses confrères du barreau. Cet homme qu'elle connaît à peine la traite en objet sexuel : elle obéit à ses ordres et satisfait ses caprices, et la jouissance devient synonyme d'absolue soumission...

(Pocket n° 12043)

Émancipation sensuelle

L'amande

Nedjma

Badra, jeune femme incandescente mi-arabe mi-berbère, multiplie les aventures dans la nuit de Tanger, bravant les conventions et la morale bien-pensante. Avec cette confession érotique surprenante de franchise et d'audace, elle lève le voile et livre des secrets d'alcôves.
Au pays des amandiers, l'histoire d'une femme musulmane dont la vie est une troublante explosion de colère et de sensualité.

(Pocket n° 12409)

Érotisme à distance

Le jeune homme au téléphone
Françoise Simpère

Il l'a vu marcher dans la rue. Il l'a trouvée belle. Alors, il l'a suivie, a regardé son nom sur la boîte aux lettres et peu après, lui a téléphoné. Lorsque, maladroitement, il lui a dit : « J'aimerais que vous me racontiez votre plaisir, enfin... vos plaisirs, dans tous les détails », elle ne s'est pas formalisée. Ils ne savaient ni l'un ni l'autre que cette conversation était le prélude d'un jeu exquis et que pendant plus d'un an, uniquement au téléphone, ils allaient découvrir le pouvoir des mots et atteindre les sommets de la volupté.

(Pocket n° 10181)

www.pocket.fr
Le site qui se lit comme un bon livre
Informer
Toute l'actualité de Pocket, les dernières parutions collection par collection, les auteurs, des articles, des interviews, des exclusivités.
Découvrir
Des 1ers chapitres et extraits à lire.
Choisissez vos livres selon vos envies : thriller, policier, roman, terroir, science-fiction...
POCKET
Il y a toujours un Pocket à découvrir sur www.pocket.fr

Cet ouvrage reproduit par procédé photomécanique
a été achevé d'imprimer sur les presses de

BUSSIÈRE

GROUPE CPI

à Saint-Amand-Montrond (Cher)
en septembre 2005

POCKET - 12, avenue d'Italie - 75627 Paris Cedex 13
Tél. : 01-44-16-05-00

— N° d'imp. : 52166. —
Dépôt légal : octobre 2005.

Imprimé en France